silke kasamas

Gänseblümchen hat Gänsehaut

-Kurzgeschichten-

© Thekla Verlag GbR 2015
Bahnhofstraße 83, 64823 Groß-Umstadt

ISBN 978-3-945711-06-4 (Taschenbuch)
ISBN 978-3-945711-07-1 (ePub)
ISBN 978-3-945711-08-8 (kindle Edition)

Autorin: Silke Kasamas
Fotografie & Covergestaltung: Silke Weßner
Druck: KM-Druck, Groß-Umstadt
-Originalausgabe-
1. Auflage 2015

www.thekla-verlag.de

Kreativität ist Intelligenz, die Spaß hat.

(Albert Einstein, 1979 - 1955)

INHALTSVERZEICHNIS

Gänseblümchen hat Gänsehaut....................................9

Gartenglück...25

Alleine zu Hause...41

Ein sauberes Chakra 57

Hillary und ich..70

Passt doch! 92

Schmink- und Spachtelparty 110

Was willst du?...126

Keine Chance gegen Barbie 137

Yoga entspannt doch, oder? 156

Lieber entspannt als perfekt 172

Weihnachten bei IKEA...192

Rezeptverzeichnis

Erdbeerbowle...24

Nussecken...40

Pizza 56

Chinesische Nudelpfanne...69

Grüne Fee (Tote Katze) 91

Pizza-Bällchen 109

Maracuja-Likör...125

Schokoladenkuchen Schoko-Schock 136

Barbie Dessert ganz in Pink......................................155

Pasta mit Käse-Sahne-Soße.......................................171

Schoko-Quark-Stollen..191

Köttbullar 202

GÄNSEBLÜMCHEN HAT GÄNSEHAUT

Ich öffnete das Fenster, schloss die Augen und atmete tief die frische Luft ein, die ins Zimmer strömte. Der herrliche Duft einer neuen Stadt. Vielleicht sogar einer neuen Heimat?

Ein neues Umfeld.

Ein neuer Job.

Ein neuer Freundeskreis.

Ein neues Leben?

Schließlich konnte es ja nur besser werden. Weit weg von zu Hause und vor allem ganz weit weg von Torsten und seiner kugelrunden Sekretärin. Sollten sie doch miteinander glücklich werden. Er, die Sekretärin und die gemeinsame Teufelsbrut.

Nachdem ich einen Monat lang bei meiner Freundin im Schwarzwald untergeschlüpft war, hatte ich nun endgültig mit meinem Ex-Freund und meinem alten Job abgeschlossen, und nahm mein Leben endlich wieder selbst in die Hand. Niemand kannte mich hier und keiner verzog im Vorbeigehen die Lippen zu einem spöttischen Grinsen. Wie wunderbar!

Ich saß in meiner neuen Wohnung im Badezimmer auf einer Umzugskiste und putzte mir die Zähne. Auspacken, einräumen, putzen? Nein! Das war für einen Neustart viel zu langweilig. Ich wollte meine neue Stadt kennenlernen und Leuten begegnen. Wenn sich unter diesen Leuten auch ein neuer Mann befand, dann war das nur umso besser. Ich machte mich also fertig und wühlte anschließend in meinem Koffer. Grinsend zog ich eine Jeans und mein Gänseblümchen-T-Shirt hervor. Es war nicht das einzige Kleidungsstück in meinem Schrank, das dieses Motiv trug. Ich hatte sogar eine Hose, diverse Sockenpaare und unzählige Accessoires zu diesem Thema. Ich liebte diese bescheidene Blume abgöttisch. Und das dazu passende Lied einer Göttinger A-cappella-Gruppe hatte ich mir im Laufe der letzten Monate zum Lebensmotto gemacht.

»Ich bin ein Gäääänseblümchen ... lalala ... ohne Aggression, Wut, Ärger, was bringt das schon? .... lalala ...«, sang ich lauthals vor mich hin. Der Macht der Gewohnheit folgend, griff ich auch noch zu meinem Ring mit der Gänseblümchenblüte und schob ihn gedankenverloren auf meinen Mittelfinger. Wollte ich die Sache mit dem neuen Mann wirklich dem Zufall überlassen? Ich lachte. Nein, sicherlich nicht. Der Zufall war ein hinterhältiger Schuft und hatte mir beim letzten Mal Torsten beschert. Das musste ich definitiv selbst in die Hand nehmen. Kurzentschlossen griff ich zu meinem Handy und tippte auf die Google-App.

»Ok Google, nenne mir die nächstgelegene Dating-Agentur!«

* * *

Mich begrüßte eine junge Frau mit Pferdeschwanz, bekleidet mit einem sportlichen, dunkelblauen Kostüm. Mit einem herzlichen Lächeln auf den Lippen fragte sie mich nach meinen Wünschen. Ihre offene, natürliche Art machte es mir leicht zu gestehen, dass ich zuvor noch nie eine Dating-Agentur genutzt hatte und überhaupt nicht wusste, welche Möglichkeiten mir diese denn bot.

»Ich bin gerade hergezogen, und mein Internetzugang wird erst in zwei Wochen funktionieren. Aber so lange kann ich wirklich nicht auf die Gelegenheit warten, an einen Mann heranzukommen! Wenn ich mich für etwas entschieden habe, dann will ich das sofort!«

»Ja, so geht mir das auch. Für eine Entscheidung brauche ich oftmals etwas länger, aber wenn ich dann eine Wahl getroffen habe, will ich das auch gleich umsetzen«, lachte meine Gesprächspartnerin und streckte mir die Hand entgegen. »Ich bin Sandy.«

»Laura«, erwiderte ich, während wir uns kurz, aber herzlich, die Hände schüttelten.

»Wir haben diverse Dating- und Kontaktangebote in verschiedenen Preislagen. Angefangen mit dem Rundum-sorglos-Paket mit Mann-Garantie innerhalb von drei Monaten. Das ist aber eher etwas für hoffnungslose Fälle, das brauchst du definitiv nicht. Dann das Party-Weekend-Special: Drei Männer auf drei verschiedenen Partys zum richtig Abtanzen und Flirten. Ach, wir haben so viele Varianten. Mal sehen, was zu dir passt. Was genau hast du dir denn vorgestellt?

Wie soll dein Traumprinz denn sein?«

»Mein Traumprinz ... wie soll er sein?«, murmelte ich vor mich hin und runzelte die Stirn. Angestrengt versuchte ich, etwas Männliches vor meinem geistigen Auge entstehen zu lassen. Und was sah ich? Meinen Ex-Freund Torsten mit einem großen, roten X quer über dem Gesicht. Hilflos blickte ich Sandy an und zuckte mit den Schultern. »... er soll ehrlich sein?«, antwortete ich mit einer halbherzigen Gegenfrage.

»Groß, klein, dick, dünn, alt, jung?«, half mir Sandy auf die Sprünge.

»Groß, größer als ich wäre toll. Mein Alter, vielleicht etwas älter und sportlich ... wobei mich ein kleiner Bauchansatz auch nicht stören würde.«

»Hmmm. Da stehen uns ja noch alle Türen offen.« Sandy gab die Daten in mein Profil am PC ein. Zu guter Letzt entschied ich mich für ein Blind-Date-Paket, was bedeutete, dass ich nicht wusste, wer oder was mich erwarten würde. Die Agentur würde lediglich sicherstellen, dass unsere groben Eckdaten zusammenpassten. Am kommenden Samstag um zehn Uhr vormittags konnte ich mich also auf einen Mann zwischen fünfunddreißig und fünfundvierzig Jahren freuen, der über 1,80 m groß und natürlich Single war. Nicht gerade viel Information. Aber das schien ein Blind Date eben auszuzeichnen. Das änderte natürlich nichts daran, dass ich überlegte, was das wohl für ein Typ war und warum er die Dienste einer Agentur nutzte. War er vielleicht verklemmt, oder sogar hässlich? Ich war mir ziemlich sicher, dass es sich nicht um einen Psychopathen oder Massenmörder handelte, da die Agentur sämtliche Daten per Ausweis gecheckt und auch gespeichert hatte. Würde ich mich bis Montag nicht per Mail bei der Agentur melden und konnten die Mitarbeiter mich auch nicht erreichen, gingen meine Daten mit einem Hinweis auf meinen Dating-Partner direkt an die Polizei. So hatte ich das zumindest auf dem Fragebogen zur Datenerfassung angekreuzt. Psychopath konnte ich also sehr wahrscheinlich ausschließen. Es sei denn, es wäre ein ziemlich dummer. Blieb also verklemmt und hässlich. Aber darüber wollte ich gar nicht so genau nachdenken.

Als Erkennungszeichen hatte er ein schwarzes Halstuch angegeben. Nun gut. Die junge Dame in der Dating-Agentur schmunzelte wenig überrascht, als ich ihr mein Erkennungszeichen nannte: Gänseblümchen!

* * *

Samstagmorgen. Das Wetter war herrlich. Bereits um kurz nach sieben Uhr saß ich mit meiner ersten Tasse Kaffee auf dem Balkon und genoss die Sonnenstrahlen, die langsam an Kraft gewannen. Es würde ein herrlicher Tag werden und natürlich war ich verdammt aufgeregt.

»Schwarzes Halstuch. Na, der wird sich zu Tode schwitzen bei diesem Wetter«, schmunzelte ich. Ich hatte mein Outfit schon zurechtgelegt: ein Shirt mit einem großen Gänseblümchen, eine knackige dunkelblaue Jeans, dazu Zehensandalen, an deren Riemen ebenfalls kleine Gänseblümchen angebracht waren. Mein Ring mit dem Gänseblümchen durfte natürlich auch nicht fehlen.

Da ich lieber zu früh als auch nur eine Minute zu spät zu einem Treffen erschien, machte ich mich zeitig auf den Weg. Fröhlich pfeifend schnappte ich mir die Auto- und die Wohnungsschlüssel und verließ meine Wohnung. Bereits um halb zehn stand ich am Eingang der Sonnenterrasse und blickte mich um. Eingehend musterte ich die Tische, um mir einen Überblick über die Gäste zu verschaffen. Trotz dieser Uhrzeit war das Café schon erstaunlich gut besucht.

Mein Blick blieb an einem Biker hängen. Obwohl er – hoffentlich – den Helm getragen hatte, der neben ihm auf dem Boden lag, war seine Frisur weder platt noch erwähnenswert deformiert. Eigentlich passte er von seinem markanten Äußeren her so überhaupt nicht in mein Beuteschema. Huch, hatte ich so etwas denn? Ein schon lange nicht mehr gefühltes Kribbeln machte sich in meinem Bauch breit und mir blieb für einen Moment die Spucke weg. Also den Typen würde ich definitiv nicht von der Bettkante schubsen. Hätte meine Zunge nicht gerade einen haarigen Pelz getragen, hätte ich vermutlich gesabbert. Halblanges, dunkelblondes Haar, gepflegter Dreitagebart und eine schwarze Lederjacke, die neben ihm über der Stuhllehne hing. Dieser Mann sah richtig verwegen aus. Eigentlich dachte ich immer, ich würde keine Männer mit langen Haaren mögen. Aber mir zuckte es durchaus in den Fingern, durch sein Haar hindurchzufahren und zu testen, ob es sich genauso weich anfühlte, wie es aussah. Ob sein Bart wohl beim Küssen kratzte? Ich war schockiert über mich selbst! Da hatte ich wohl eindeutig zu lange auf männliche Gesellschaft verzichtet, wenn mir solche Gedanken bei einem völlig Fremden in den Sinn kamen. Seine Augenfarbe konnte ich noch nicht erkennen. Ich tippte aber aus irgendeinem Grund auf braun, und nicht blau, wie man das vielleicht bei blonden Haaren vermuten würde. Weibliche Intuition. Er saß am Tisch und rührte gerade seinen Kaffee um. Die kurzen Ärmel seines Shirts ließen einen hervorragenden Blick auf seine gut definierten Oberarme zu und gaben einen Vorgeschmack auf einen – anscheinend – ebenso muskulösen Brustkorb, der sich unter dem Shirt verbarg. Wieso war es nicht noch fünfzehn Grad heißer? Ich sah in Gedanken meine Finger ganz langsam über seine Brust streichen. Eine Vorstellung, die ich nur zu gerne weiterverfolgt hätte, stattdessen aber meinen Blick auf ungefährlichere Regionen lenkte. Das Tattoo, welches teilweise vom Ärmel verdeckt war, konnte ich nicht genau erkennen, weil mein Blick jetzt direkt an seinem schwarzen Halstuch kleben blieb. BINGO!

Der Typ verschaffte mir gerade eine absolute Gänsehaut. Und er war wegen MIR hier! Das durfte doch nicht wahr sein. Warum nutzt denn so ein Typ die Dienste einer Dating-Agentur? Ich war hin- und hergerissen von meinen plötzlich auftretenden Hemmungen und der Begeisterung für diesen, in meinen Augen adonisgleichen, Mann. Schließlich gab ich mir selbst einen Ruck und ging zielstrebig auf ihn zu.

»Hallo«, grüßte ich den Biker fröhlich. »Ich bin die Laura. Ich nehme an, ich darf mich zu dir setzen?« So ein Blind Date hatte ich doch noch nie gehabt. Was sagte man denn da? Wie verhielt man sich? Was waren absolute No-goes? Ich war nervös.

»Klar, setz dich. Ist ja genug Platz. Ich bin Chris.«

»Weißt du, ich hab mich schon gewundert, dass jemand zu dieser Jahreszeit ein schwarzes Halstuch wählt, aber das ist wohl wegen des Fahrtwinds auf dem Motorrad, stimmt's?« Himmel, was plapperte ich hier eigentlich? Das war doch offensichtlich.

»Ich habe nicht nur auf dem Shirt mein Gänseblümchen, sondern auch am Ring und auf den Schuhen. Schau mal!« Als Beweis streckte ich mein linkes Bein in die Höhe, damit er die Blümchen auf meinen Sandalen bewundern konnte.

»Ähm, ja, ich sehe es. Du magst offensichtlich Gänseblümchen ...« Chris grinste und sah mich dabei abwartend an.

»Du bist ja sogar noch früher als ich hier angekommen. Du kommst wohl auch nicht gerne zu spät, hm?« Krampfhaft versuchte ich, das Gespräch in Gang zu halten und keine peinlichen Pausen aufkommen zu lassen. Er könnte mir doch wenigstens ein bisschen entgegenkommen! Zögernd gab Chris eine Antwort auf meine suggestive Frage.

»In der Tat, ich bin seit etwa einer viertel Stunde hier. Wie du siehst, habe ich mir ja schon einen Kaffee bestellt und wollte dann auch noch frühstücken.«

»Frühstück, das trifft sich prima! Warst du hier schon mal? Kannst du irgendwas empfehlen?« Hoffentlich merkte er nicht, wie aufgeregt ich war.

»Na klar, ich komme öfter her. Das Rührei mit Schinken ist ziemlich lecker, das werde ich mir bestellen.«

»Prima, gute Wahl. Ich sterbe vor Hunger! Das nehme ich auch. Und einen Latte macchiato, bitte«, sagte ich zu dem Kellner, der unsere Bestellung entgegen nahm.

»Kommst du hier aus der Stadt oder aus einer der umliegenden Ortschaften?«, startete ich einen neuen Versuch, die Unterhaltung fortzusetzen. Chris lehnte sich grinsend zurück und verschränkte entspannt die Hände hinter dem Kopf. So kamen seine muskulösen Arme ganz hervorragend zur Geltung und ich vergaß für einen Moment, was ich gerade gefragt hatte. Er musterte mich von oben bis unten. Wo waren wir hier? Viehmarkt? Ich kam mir ganz schön begutachtet vor.

»Ursprünglich komme ich aus der Nähe von Köln, bin aber vor zwei Jahren aus beruflichen Gründen hier runter gezogen. Jetzt wohne ich direkt im Nachbarort und komme gerne hierher, um mich vor einer größeren Motorradtour nochmal ordentlich zu stärken. Und du?«

»Ich wohne erst seit wenigen Tagen hier, habe meiner alten Heimat eher aus persönlichen Gründen den Rücken gekehrt und starte jetzt hier einen Neuanfang. Alle Zähler wieder auf Null. Nochmal ganz von vorne anfangen. Ach, das ist kompliziert ... aber ich kann dir das gerne ein anderes Mal erzählen. Vielleicht bei unserem nächsten Treffen?«

Schon wieder grinste Chris. Was hatte der denn? Irgendwie war das alles seltsam, aber trotzdem kribbelte es ganz deutlich in meiner Magengegend. Und das war hundertprozentig kein Hunger.

»Bei unserem nächsten Treffen. Sehr gerne«, sagte Chris. Dieser tiefen Stimme hätte ich den ganzen Tag zuhören können. Chris gehörte offensichtlich zu den Männern, die mir das Telefonbuch vorlesen könnten, und ich würde trotzdem stundenlang hingerissen lauschen. Dummerweise sagte er nicht viel. Irgendwie wurde ich das Gefühl nicht los, dass er sich im Stillen über etwas amüsierte, aber den Grund seiner Erheiterung nicht mit mir teilte. Der Kellner brachte unser Frühstück und wir machten uns still über die Portionen her. Das Schweigen war, Gott sei Dank, nicht unangenehm. Wieder ein Zeichen dafür, dass doch alles gut lief, oder? Ich schaffte es, mich zu entspannen. Ab und an blickte Chris von seinem Frühstück auf und musterte mich.

»Wie alt bist du eigentlich?«, versuchte ich noch mehr aus ihm heraus zu bekommen.

»Neununddreißig. Ist das ein Problem für dich?«

»Nein, überhaupt nicht. Ich bin ja selbst schon siebenunddreißig. Aber ich hätte dich irgendwie jünger geschätzt.« Schon siebenunddreißig? Schon?! Siebenunddreißig?! Stoß den Typen doch gleich mit der Nase drauf, dass du dich mit großen Schritten der vierzig näherst!

»Na, das kann ich auf alle Fälle zurückgeben. Du schaust höchstens aus wie siebenundzwanzig und strahlst eine natürliche Frische aus. Ganz anders als die Frauen, mit denen ich sonst beruflich zu tun habe.«

Siebenundzwanzig? Hallo? Wollte der mich veräppeln? Und wieso Frauen, mit denen er sonst beruflich zu tun hat? Was machte der denn? War er ein Zuhälter oder so?

»Das liegt wahrscheinlich daran, dass ich mich nicht schminke. Kein Make-Up benutze. Ich mag das einfach nicht, komme mir dann so zugekleistert vor. Klar weiß ich, dass es mittlerweile Pflegeprodukte gibt, die sich ganz leicht auf der Haut anfühlen und ...« Ich verfiel schon wieder ins Plappern vor lauter Aufregung. Klar Laura, erzähl ihm doch gleich, dass du morgens immer viel zu spät dran bist und deshalb keine Zeit hast, dich zu schminken. Ich lief innerlich vor Scham grün an. Vielleicht auch äußerlich, Chris Blick nach zu urteilen.

»Hey, alles gut. Kein Grund, dich gleich zu rechtfertigen. Ich mag das, wenn Frauen ungeschminkt sind. Ehrlich«, versuchte Chris mich zu beruhigen. Ja klar doch, weil Männer auch so denken. *Entspann dich*, ließ ich mir wie ein Mantra durch den Kopf gehen. Es half zumindest ein bisschen.

Plötzlich wurde Chris von etwas hinter mir abgelenkt. Irritiert schaute er über meine Schulter, an mir vorbei und dann wieder zurück zu mir, um die Unterhaltung wieder aufzunehmen. Wenige Sekunden später wiederholte sich das Ganze. Er war sichtlich bemüht, sich auf unser Gespräch zu konzentrieren. Es gelang ihm aber ganz und gar nicht. Er musste laut lachen! Jetzt wollte ich auch wissen, was da hinten vor sich ging. Man kam sich doch sonst bescheuert vor! Neugierig drehte ich mich um. Etwa drei Tische hinter uns saß ein Mann, ungefähr in unserem Alter. Sein leuchtend grünes Sakko wirkte in diesem Café ebenso deplatziert wie seine rote Baseballkappe. Noch mehr als sein Aufzug schockierte mich aber die Tatsache, dass dieser Mann einer Dame, die gerade die Sonnenterrasse betrat, wild mit einem schwarzen Halstuch zuwedelte. Das konnte jetzt nicht wahr sein! Mir wurde abwechselnd heiß und kalt. Mit hochrotem Kopf drehte ich mich wieder zu Chris um.

»Ich darf jetzt einfach mal kombinieren, ja?«, fragte mich Chris mit einem süffisanten Schmunzeln auf den Lippen. »Der Typ da drüben wedelt mit einem schwarzen Halstuch. Wenn ich mich richtig erinnere, dann hast du vorhin mein schwarzes Halstuch explizit zur Sprache gebracht, obwohl das ja eigentlich nichts Besonderes ist. Könnte es da einen Zusammenhang geben?«

Ich ließ die Gabel sinken und schob den Teller mit dem Rührei ein Stück von mir. Mir war der Appetit vergangen. Ich wusste nicht, wo ich hinschauen sollte. Das war einfach alles viel zu peinlich!

»Ich ...«, setzte ich an und musste mich erst mal räuspern, »ich glaube, ich hab dich verwechselt.«

»Erklärst du es mir genauer?«, wollte Chris wissen und beugte sich interessiert nach vorn, als wollte er ein Geheimnis von mir erfahren. Von seinem aufmunternden Nicken bestärkt, startete ich einen neuen Versuch, die absolut blamable Situation zu erklären.

»Ich dachte, du wärst mein Blind Date.« Mehr gab es da ja auch wirklich nicht zu erklären. Lag ja auf der Hand. Ich Idiotin!

»Ja, so etwas Ähnliches habe ich mir schon gedacht. Es kommt auch ehrlich gesagt nicht alle Tage vor, dass sich eine Frau beherzt zu mir an den Tisch setzt, mir ihre Blümchenschuhe zeigt und mir eine persönliche Frage nach der anderen stellt, als wäre es das Selbstverständlichste der Welt.«

Vor lauter Scham wusste ich nicht, wo ich hinschauen sollte. Wie peinlich war das denn? Da hatte ich ihm auch extra noch meine Blümchen-Schuhe gezeigt! Ich kam mir reichlich blöd vor. Unsere Unterhaltung wurde jäh unterbrochen, als der Mann mit dem grünen Sakko an unseren Tisch trat und sich in beinahe vorwurfsvollem Ton an Chris wandte.

»Entschuldigen Sie mal! Ich glaube, hier liegt ein großer Irrtum vor. Sie sitzen hier mit meinem Date! Räumen Sie sofort den Tisch und lassen Sie mich mit der Dame alleine!«, näselte er und zeigte beim Lächeln eine Reihe schiefer Zähne. Igittigitt! Selbst wenn er der letzte Mann auf Erden gewesen wäre, hätte ich eher die menschliche Rasse aussterben lassen, als mich mit diesem Typen einzulassen. Meine Abneigung musste mir deutlich ins Gesicht geschrieben sein, denn Chris kam mir zur Hilfe und konterte mit einem lässigen Schulterzucken.

»Sorry, Mann. Der Irrtum liegt wohl bei dir. Setz dich mal ganz schnell wieder zurück an den Tisch, von dem du gekommen bist. Die Lady hat kein Interesse an dir.«

»Ich bestehe aber darauf, dass die Dame zu mir an den Tisch kommt. Ich habe schließlich für das Date bezahlt!« Jetzt reichte es mir aber.

»Moment! Es handelt sich lediglich um einen Vorschlag für ein Date! In den Bedingungen der Agentur steht klipp und klar, dass keiner der Teilnehmer verpflichtet ist, das Date bis zum Schluss durchzuziehen. Ich für meinen Teil habe schon jetzt genug von Ihnen und möchte Sie bitten, uns jetzt in Ruhe zu lassen.«

Ich konnte dem Typen regelrecht ansehen, wie gerne er nochmals aufbegehrt und seinen Standpunkt verdeutlicht hätte. Allerdings brachte ihn ein flüchtiger Seitenblick auf Chris – der gerade dabei war, seine Fingerknöchel knacken zu lassen – von diesem Vorhaben ab. Bei dieser Darbietung männlichen Dominanzverhaltens musste ich herzlich lachen und zwinkerte Chris verschwörerisch zu. Es war klar, wer bei einem Zweikampf den Kürzeren gezogen hätte. Aber so weit würde es definitiv nicht kommen. Entrüstet suchte der Unterlegene das Weite. Als wäre nichts gewesen, trank Chris einen Schluck aus seinem Kaffeepott und sah mich abwartend an.

»Weißt du, ich dachte, es wäre eine gute Idee, eine Dating-Agentur zu beauftragen, die mir bei der Suche nach einem neuen Partner hilft. Da ich noch ganz neu in der Stadt bin und mir praktisch einen komplett neuen Freundeskreis aufbauen muss, hatte ich angenommen, das würde funktionieren. Der Typ war quasi mein erster Versuch. Ich danke allen Göttern, dass ich zu früh hier war und dich einfach angequatscht habe. Wenn ich mir nicht absolut sicher gewesen wäre, dass du mein Date bist, hätte ich dich nie im Leben angesprochen. So cool bin ich dann doch nicht.« So. Das war es jetzt wohl. Ade du netter Biker. Gleich würde er mir höflich ein schönes Leben wünschen und davon laufen. Gedanklich machte ich mich schon bereit, den Rest meines Kaffees hinunterzustürzen und mich zu verabschieden. Zahlen, ja, zahlen sollte ich vorher auch noch. Wäre blöd, wenn ich ihn hier mit meiner Rechnung sitzen ließe. Sollte ich ihn vielleicht sogar auf den Schrecken zum Frühstück einladen? Als Wiedergutmachung für die Störung? Ich tauchte, auf der Suche nach meinem Geldbeutel, unter dem Tisch in meine Handtasche ab und hoffte, dass er so mein knallrotes Gesicht nicht bemerken würde. Schnell weg von hier, schließlich war das ja gar nicht mein Date! Verlegen und nervös sammelte ich meine sieben Sachen zusammen. Zu allem Überfluss hätte ich auch noch beinahe meine Tasse umgestoßen, weil ich die Serviette zu hastig auf den Tisch legte. Leicht verzweifelt schaute ich Chris an und wartete auf seine Reaktion.

»Na, dann bin ich echt froh, dass ich heute hierher zum Frühstück gekommen bin und auch mein schwarzes Halstuch dabei hatte. Eigentlich wollte ich im Anschluss an das Frühstück eine Motorradtour starten. Blind Date oder nicht, hast du nicht Lust, mich zu begleiten? Auf meiner Harley ist noch Platz für eine Sozia und einen zweiten Helm finden wir schon.«

Wir zahlten und machten uns auf den Weg zum Parkplatz. Chris hatte seine Maschine unter einem Baum geparkt. Bei seiner Harley angekommen, fing mein Herz nicht nur wegen des tollen Motorrads an, heftiger zu schlagen. Durch die Wurzeln des Baumes, der hier wohl schon seit vielen Jahrzehnten stand, war der Asphalt an einigen Stellen aufgerissen. In den Ritzen wuchs bereits das ein oder andere Pflänzchen. Direkt neben dem Ständer der Harley, als winziger Kämpfer gegen den Asphalt, blühte ein Gänseblümchen! Na, wenn das kein gutes Zeichen war!

ERDBEERBOWLE MIT GÄNSEBLÜMCHEN
IN 2 VARIANTEN (MIT UND OHNE ALKOHOL)

1 kg Erdbeeren

0,7 l Weißwein

0,7 l Apfelsaft (naturtrüb)

2 unbehandelte Zitronen

5 Orangen

1 Handvoll Gänseblümchen

Frische Pfefferminze

Zucker nach Geschmack

1 Flasche Sekt (gut gekühlt)

1 Flasche Mineralwasser

1. Erdbeeren und Zitronen waschen. Die Erdbeeren in Stücke, die Zitronen in Scheiben schneiden, die Orangen auspressen. Saft und Fruchtstücke hälftig auf beide Schüsseln verteilen.

2. Die Pfefferminzblätter auf die Schüsseln verteilen.

3. Die 1. Schüssel mit Weißwein aufgießen und nach Geschmack süßen. Danach die 2. Schüssel mit Apfelsaft aufgießen und ebenfalls süßen.

4. Gänseblümchen unterrühren und mindestens 2 Stunden durchziehen lassen.

Vor dem Servieren wird die 1. Bowle mit Sekt, die alkoholfreie Bowle mit Mineralwasser aufgegossen. Bitte die Schüsseln während der Zubereitung nicht verwechseln. Wir wollen doch nicht, dass die Kinder versehentlich etwas vom Alkohol abbekommen. :-)

GARTENGLÜCK

Schrebergartensiedlung, Dienstagmorgen, ein ganz normaler Arbeitstag, wenn man keinen Urlaub hatte. Ich hatte frei und war gerade dabei, meine Urlaubswoche nach meinen Wünschen zu gestalten. Irgendwo hier musste der Garten meiner Freundin Susanne zu finden sein.

»Dritter Weg, zwölfte Parzelle auf der linken Seite, das Tor ist nicht verschlossen, leichtes bis mittelgroßes Chaos«, waren Susis Worte gewesen.

»Perfekt! Ein paar Stunden nichts tun, außer Unkraut zu jäten und dabei schlicht nicht denken zu müssen«, war meine Antwort gewesen. Nun saß ich in meinem Auto auf dem Weg zur Schrebergartensiedlung. Hacke, Schaufel, Säcke und Heckenschere lagen in meinem Kofferraum und mein Tatendrang war riesig. Ja, so sah bei mir ein nahezu perfekter Urlaubstag aus: An der frischen Luft vor mich hin werkeln und abschalten. Ich liebte die Natur und versuchte, jede freie Minute im Grünen zu verbringen. Das war allerdings gar nicht so einfach, da ich mitten in der Stadt in einer Drei-Zimmer-Wohnung wohnte. Zwar hatte ich einen winzigen Balkon, aber was konnte man da schon anpflanzen? Basilikum und Petersilie. Ende. Hätte ich damals gewusst, wie sehr ich einen eigenen Garten vermissen würde, hätte ich auf jeden Fall zu Gunsten eines kleinen Gartenstücks auf die Badewanne verzichtet. Das war aber nun nicht mehr zu ändern. Umso glücklicher war ich über Susis Angebot. Sie hatte den Schrebergarten von einer Tante geerbt, hatte aber weder Zeit noch Lust, sich darum zu kümmern. Ihre Abneigung gegen Gartenarbeit teilte ich zwar nicht, aber ich wusste, woher der Wind wehte.

»Gärten, besonders Schrebergärten, sind doch nur etwas für alte Leute«, pflegte sie immer zu sagen. »Da kann man keine Männer in unserem Alter aufreißen. Ich betone: In unserem Alter! Wie denn auch? In unserer Generation interessiert sich doch keiner mehr für Gartenarbeit!«

Hoppla! Ich wusste nicht, ob sie in diesem Zusammenhang *unsere Generation* nun positiv oder negativ auslegte. Zumindest fühlte ich mich mit achtundzwanzig weder zu alt noch zu jung für Gartenarbeit.

»Susanne, du würdest dich wundern, wie entspannend es sein kann, einen Garten auf Vordermann zu bringen«, versuchte ich sie von den Vorzügen der Gartenarbeit zu überzeugen. »Das schlägt um sich, wie ein Strohfeuer. Auch bei den jungen Leuten. Schrebergärten werden wieder total *IN*, das prophezeie ich dir!«

»Jessica, mal ehrlich, ich kann mir tausend schönere Dinge vorstellen, als Unkraut zu rupfen!«

»Unkraut rupfen?«, sprang ich sofort auf diese Provokation an. »Es gibt kein Unkraut! Das sind maximal spontane Begleitvegetationen in Kulturpflanzenbeständen. Klar, die nehmen manchmal überhand und müssen eingedämmt werden, aber grundsätzlich hat jede Pflanze ihre Daseinsberechtigung.«

Ich sammelte meine Gerätschaft aus dem Kofferraum und grinste, weil wir durchaus häufiger diese Kabbeleien hatten. Susanne und ich waren lange genug befreundet, dass sie wusste, wie sehr ich die Gartenarbeit vermisste. Das hielt sie natürlich nicht von ihren Sticheleien ab. Für mich war es jedenfalls eine Fügung des Schicksals gewesen, dass sie mir den Garten zur Nutzung angeboten, ja fast aufgedrängt hatte. Genau betrachtet war es eine Win-Win-Situation. Ich hatte freie Hand, durfte den Garten nach meinem Gusto planen, gestalten und bearbeiten und Susi bekam einen Anteil der Ernte. Es war perfekt. Und wir freuten uns beide auf gemeinsame Abende im Grünen: Frauengespräche bei einem Gläschen Wein, die Seele baumeln lassen und abschalten. Vielleicht fand sich ja auch ein Plätzchen für eine Hängematte. Herrlich!

Während ich mir also im Vorbeigehen die anderen Gärten anschaute, stellte ich fest, dass nicht nur Susannes Garten eine ordentliche Grundreinigung inklusive Kahlschlag nötig hatte. Ein Fünkchen Wahrheit steckte wohl doch in den Worten meiner besten Freundin. Hier machte sich offensichtlich ein Generationswechsel bemerkbar. Wahrscheinlich konnten einige der Gartenbesitzer ihre Gärten aufgrund des Alters und damit einhergehender gesundheitlicher Einschränkungen nicht mehr bewirtschaften und nicht jeder hatte gleich einen Nachfolger an der Hand. Ich setzte die Schaufel ab und schnaufte durch.

Endlich angekommen: Dritter Weg, zwölfter Garten auf der linken Seite, das Tor war nicht verschlossen, leichtes bis mittelgroßes Chaos. Das war Susannes Domizil!

Bei meinem nächsten Besuch im Baumarkt würde ich ein neues Schloss kaufen, schließlich konnte man das Tor nicht immer sperrangelweit offen stehenlassen. Seufzend betrachtete ich das Chaos um mich herum. Ja, hier musste Einiges getan werden. Die Brennnesselsträucher vor der kleinen Gartenhütte waren hüfthoch und versteckten den kleinen, aber feinen Freisitz, der dahinter zu finden war. Die Terracottafliesen gaben dem Ganzen sogar einen mediterranen Touch. Perfekt, um ein paar Gartenmöbel zu platzieren. Oh ja, ein paar gemütliche Liegestühle, und die Wohlfühloase im Sommer wäre perfekt. Ich war bereit!

Schritt eins lautete: Gartenrodung. Hierfür hatte ich mir natürlich extra dicke Arbeitshandschuhe mitgebracht, schließlich hatte ich damit gerechnet, dass Brennnesseln das Gelände überwuchern würden. Ich lehnte meine Geräte an die Hüttenwand und machte mir einen groben Plan. Ich beschloss, an der gepflasterten Fläche zu beginnen und mich dann langsam von der Hütte aus zum Eingang vorzuarbeiten. Schließlich hatte ich die ganze Woche Zeit. Ich rieb mir voller Vorfreude die Hände. Das war für mich zum einen Entspannung pur und zum anderen konnte ich mir guten Gewissens das Fitnessstudio sparen.

Sobald ich meinen Rhythmus gefunden hatte, arbeitete ich konzentriert, schnell und konnte bis zum Nachmittag schon einen beachtlichen Erfolg verbuchen. Stolz blickte ich auf die vielen Quadratmeter Garten, die ich bereits von Brenn-nesseln und anderen *spontanen Begleitvegetationen* befreit hatte. Ungefähr die Hälfte des Gartens zeigte nun schon einen satten Braunton, der auf gehaltvollen, nährstoffreichen Gartenboden schließen ließ. Das Gemüse würde hervorragend wachsen, da war ich mir sicher! Neben dem Eingang standen nun vier große und prallgefüllte Grünschnittsäcke, die zum Entsorgen in den städtischen Bauhof gefahren werden mussten. Wahrscheinlich musste ich sogar zweimal fahren, denn so viel Platz war selbst in meinem Kombi nicht. Aber für heute war erst mal Schluss. Rom wurde schließlich auch nicht an einem Tag erbaut.

* * *

Der nächste Tag war mindestens genauso anstrengend wie der erste, aber ich legte mich ordentlich ins Zeug. Donnerwetter, war das ein Kraftakt! Am Abend war es dann aber geschafft! Ich war todmüde, aber ich blickte mit Stolz und einem Kribbeln im Bauch auf einen zur Bepflanzung vorbereiteten und gut durchgeharkten Garten. Ach, das würde so wunderschön werden!

Für Tag drei stand der Besuch im Gartencenter auf dem Plan. Ich brauchte Setzlinge und Sämereien. Hätte ich gewusst, dass ich die Möglichkeit bekam, einen Garten zu bewirtschaften, dann hätte ich natürlich sämtliche Pflänzchen zu Hause vorgezogen. Jetzt fehlte mir aber die Zeit zur Vorkultur. Daher schaute ich mich in aller Ruhe bei den Gemüsepflänzchen um. Mein Einkaufswagen füllte sich schnell mit allerlei Gemüsepflanzen: Salat, Tomaten, Paprika, Zucchini, Gurken. Dann noch zwanzig Erdbeerpflänzchen, zwei Johannisbeersträucher und Saatkartoffeln. Außerdem Samentütchen für Radieschen, Karotten, Rapunzel und diverse Küchenkräuter. Für die Einfassung des Freisitzes wählte ich Lavendel und Rosenstöcke. Als mir die Kassiererin den Gesamtpreis nannte, musste ich heftig schlucken. Darüber durfte man echt nicht nachdenken. Wirklich lohnen würde sich so ein eigener Gemüseanbau wohl eher nicht. Wenn man bedachte, dass in der Saison der Salat im Supermarkt nur neununddreißig Cent pro Kopf kostete, ich aber jetzt schon pro Pflänzchen fünfundzwanzig Cent bezahlt hatte ... plus Arbeitszeit ... Ich seufzte kurz. Beim Gemüseanbau war es wohl mehr der ideelle Wert, der zählte. Es half ja nichts. Ich bezahlte und schob zufrieden den Einkaufswagen zu meinem Auto.

»Um zwei am See?«, fragte ich Susanne per SMS und bekam ein Daumen-hoch-Zeichen zurück. Sie musste ja noch arbeiten, aber eine kleine Auszeit am See konnte sie meistens einplanen.

»Ich bin richtig stolz auf mich, dass ich in den letzten Tagen so viel geschafft habe. Morgen bringe ich nochmal den Grünschnitt weg und erledige die letzten Vorbereitungen für die einzelnen Beete. Wege anlegen, die Aufteilung der Bepflanzung festlegen und sowas in der Art. Am Samstag kann ich dann mit dem schönen Teil beginnen und die Pflanzen einsetzen.«

Susanne sah mich bewundernd an.

»Du bist echt der Hammer! Für mich wäre das die reinste

Qual. Allein bei dem Gedanken daran Unkraut zu rupfen, kräuseln sich bei mir schon die Zehennägel. Dann können wir ja vielleicht am Wochenende schon den Grill anwerfen, was meinst du?«

Ich verkniff mir die übliche Reaktion auf das Wort *Unkraut* und tat so, als hätte ich das nicht gehört.

»Prima Idee! Hast du einen Grill, oder soll ich einen im Baumarkt besorgen?«, fragte ich begeistert und machte gedanklich bereits Pläne. Auf Liegestühlen im Garten liegen und die Sonne genießen, vielleicht einen Cocktail oder ein Glas Bowle in der Hand und so richtig faul sein. Irritiert schaute Susanne mich an. Was war los? Hatte ich einen Käfer auf der Nase sitzen? Färbten sich meine Haare vielleicht vom Seewasser rosa?

»Ist dir die Gartenarbeit zu Kopfe gestiegen? Wir haben einen Grill, nämlich den gemauerten hinter der Gartenhütte. Es sei denn, meine Tante hat den Grill abreißen lassen? Das wäre mir aber neu.«

»Öhm«, murmelte ich, »da habe ich vor lauter Brennnesseln gar nicht drauf geachtet, wenn ich ehrlich bin. Aber der wird schon noch da sein.«

Wo sollte ein Grill auch schon hin verschwinden? Außerdem hatte ich mich noch nicht um die Hütte und den Freisitz gekümmert. Das Gemüse hatte eindeutig Vorrang. Wir schrieben noch gemeinsam die Einkaufsliste und dann musste sich Susi auch schon wieder verabschieden. Mittagspausen waren eindeutig zu kurz.

* * *

Heute hatte ich einen alten, wenn nicht sogar antiken, Radiowecker dabei. Old school! Mit Rädchen zum Sendersuchen und ausfahrbarer Antenne. Rauschen, Knacken, Kratzen, doch dann ertönte fröhliche Musik im Garten. Er funktionierte, das war die Hauptsache, und ich konnte ihn guten Gewissens im Garten lassen. Selbst ohne Schloss an der Tür. Auch Diebe hatten ihren Stolz und würden dieses altertümliche Gerät sicherlich ignorieren.

»Night fever, night feveeeer ...«, trällerte ich gerade lautstark einen Oldie mit und tanzte mit meinem Rechen durch den Garten.

»Na, endlich kommt wieder Leben in den Garten. Schönen guten Morgen, junge Frau!«, hörte ich da eine Stimme und blickte mich erschrocken um. Gott wie peinlich! Ich hatte irgendwie angenommen, ich wäre alleine. Der ältere Mann, der fröhlich aus dem Nachbargarten zu mir herüber winkte, trug eine Latzhose, hatte einen Strohhut auf dem Kopf und schien sehr viel Zeit im Freien zu verbringen. Seine Haut war sonnengebräunt, obwohl wir erst am Anfang des Sommers standen.

»Machen Sie für sich und ihren Freund den Garten hübsch? Sie waren ja ganz schön fleißig in den letzten Tagen. Hut ab! Es ist geradezu erfrischend, hier junge Leute begrüßen zu dürfen!«, lachte der Mann. Meinen Freund? Musste man einen Freund haben, wenn man einen Garten herrichtete? Naja. Ich lachte und winkte zurück, rief ihm einen ebenso fröhlichen Gruß zu und machte mich daran, die Beete einzuteilen. Ohne weitere Tanzeinlagen.

* * *

Den Samstagmorgen ging ich gemütlich an und blieb ein bisschen länger im Bett, denn heute stand nur das Setzen der Pflanzen auf dem Programm. Susanne wollte um die Mittagszeit mit einer Kanne Kaffee und selbstgebackenen Nussecken dazu stoßen.

Als ich am Garten ankam, stand die Gartentür weit offen. Ich machte mir eine gedankliche Notiz, endlich ein Schloss zu kaufen, freute mich aber riesig, dass Susi es doch früher als geplant hierher geschafft hatte und mir helfen würde. Wahrscheinlich stellte die faule Socke gerade die Liegestühle auf und bereitete alles für einen entspannten Nachmittag vor. Ich kicherte und marschierte mit dem ersten Karton bepackt zur Gartenhütte.

»Du bist aber früh da, ich habe noch gar nicht mit dir gerechnet«, plapperte ich schon los, während ich um die Ecke zur Hütte lief. »... und mit Ihnen schon mal gar nicht! Wer sind Sie und was machen Sie in meinem Garten?« Ich blieb wie angewurzelt stehen, denn anstatt meiner Freundin Susanne, hatte es sich ein Mannsbild auf *meinem* Freisitz in einem Liegestuhl bequem gemacht. Zugegeben ein recht attraktives Mannsbild, aber das spielte im Moment überhaupt keine Rolle. Ich war richtig sauer. Was bildete sich der Typ überhaupt ein? Ich ackerte die ganze Woche und er schneit einfach am Wochenende hier rein, latscht durch die erstbeste Gartentür und stellt seinen Liegestuhl auf? Frechheit! Empört stemmte ich die Hände in die Hüften. Ich hatte mal gelesen, dass das die Körperfläche optisch vergrößerte, und dass der Gegner es dann mit der Angst zu tun bekam – zumindest bei Menschenaffen schien das gut zu klappen. Das Mannsbild drehte sich halbherzig zu mir herum und hob dann ganz lässig die Sonnenbrille an. Er schien sich seiner Sache ganz schön sicher zu sein. Blitzschnell überlegte ich, wo ich den Spaten hingelegt hatte, um dem Eindringling nötigenfalls eine überziehen zu können. Mist, die Gartengeräte lagen auf der Vorderseite des Häuschens. Auch egal, zur Not würde ich mir schon irgendwie zu helfen wissen. Ich war ja schließlich kein kleines hilfloses Weibchen. Mein Gegenüber machte noch nicht einmal Anstalten, den Liegestuhl zu verlassen, geschweige denn mich anzugreifen. Nach einer gefühlten Ewigkeit, in der er mich intensiv angesehen, regelrecht gemustert hatte, holte er Luft.

»Hallo schöne Frau, nicht so hitzig. Ich bin Patrick, Patrick Sauer. Und ich glaube, hier liegt ein kleines Missverständnis vor.«

»Missverständnis? Ja, das kannst du aber laut sagen, Missverständnis!«, unterbrach ich ihn und fiel automatisch ins *du* – schließlich kannte ich ja jetzt seinen Vornamen. Ich schäumte fast vor Wut über diese unverschämte Dreistigkeit. »Mein lieber Freund! Ich schufte hier die ganze Woche, freue mich auf einen relaxten Samstag mit einer Freundin und dann machst *du* dich hier einfach so breit. Nein, nein, nein! So haben wir nicht gewettet. Pack sofort deinen Kram ein und verschwinde aus meinem Garten, sonst rufe ich die Polizei!«

»Das wäre vielleicht nicht die schlechteste Lösung. Aber wenn du mir einen Moment zuhören würdest ...«

»Ach, ziehst du diese Masche öfter durch, ja? Hast schon Routine mit der Polizei, hm? Dich einfach bei fremden Leuten einnisten und ...«

Mein Handy klingelte. Ich setzte die Pflanzen ab und zog das Handy aus der Tasche. *Susanne* stand auf dem Display. Sehr gut!

»Susi! Prima, dass du dran bist. Kannst du bitte sofort in den Garten kommen?«, fragte ich sie gleich, ohne mich zu melden. Sie wusste schließlich, wen sie angerufen hatte und ich wollte keine Zeit mit Begrüßungsfloskeln verschwenden.

»Ähm. Ich bin da. Wo bist du? Und überhaupt: Wie sieht es hier denn aus? Das Gestrüpp steht meterhoch und ich hatte Mühe, mich zur Hütte durchzuschlagen. So können wir auf keinen Fall grillen. Der Grill ist ja voller Moos und Spinnenweben.«

»Susanne, das ist jetzt nicht die richtige Zeit, um Späße zu machen«, erwiderte ich genervt und setzte gleich noch einen oben drauf, »komm sofort her! Hier ist ein Typ in unserem Garten, der hat sich schon breitgemacht!« Ich behielt den fremden Mann genauestens im Auge und umklammerte mein Handy dabei so fest, als hätte ich einen Rettungsring in der Hand und dies wäre meine letzte Chance zu überleben.

»Jessica, ich stehe in unserem Garten. Ernsthaft!« Susannes Stimme überschlug sich fast vor Aufregung. »Wo bist du?«, wiederholte sie leicht hysterisch.

»Wo werde ich schon sein? Dritter Weg, zwölfter Garten auf der linken Seite! Wie du es mir gesagt hast.«

»Oh neiiin«, stöhnte Susanne, und mir schwante Schlimmes. »Dritter Weg ja, aber *Parzelle* zwölf auf der linken Seite.

Nicht *Garten* zwölf. Das ist ein großer Unterschied. Hast du nicht gemerkt, dass einige Gärten größer sind als andere? Da hat man zwei oder mehr Parzellen zusammengelegt und die Gartenflächen vergrößert. Dadurch ist nicht der zwölfte Garten auch die Parzelle Nummer zwölf.«

Mir fiel fast das Handy aus der Hand und ich starrte den Mann auf dem Liegestuhl entgeistert an. Der hatte natürlich das Telefonat mitbekommen und konnte sich ganz schnell einen Reim auf die Geschichte machen.

»Susanne, ich leg jetzt auf. Bin hoffentlich gleich bei dir«, brachte ich schwach heraus und ließ mich langsam in die Hocke gleiten. Meine Beine wollten mich nicht mehr tragen. Da hatte ich die ganze Woche geschuftet und geschuftet und alles nur, um jetzt festzustellen, dass ich im falschen Garten war?! Von meiner erst so bedrohlichen Haltung gegenüber dem Fremden war nichts mehr übrig geblieben. Tränen standen mir in den Augen und ich wusste nicht, ob vor Scham oder vor grenzenloser Enttäuschung darüber, dass die ganze Woche, der ganze vergossene Schweiß, die Mühe und die Rückenschmerzen, umsonst gewesen waren. Mir fehlten die Worte und ich starrte einfach nur vor mich hin. Ein Räuspern lenkte meine Aufmerksamkeit wieder auf den Mann, der noch immer im Liegestuhl lag.

»Darf ich mal raten? Du hast *versehentlich* den falschen Garten – nämlich meinen – auf Vordermann gebracht, ja?«

Ich konnte nichts sagen, weil mein Hals plötzlich ganz eng geworden war. Ein Kloß verhinderte, dass ich auch nur irgendetwas Verständliches von mir geben konnte. Lediglich ein wimmernder Ton drang aus meiner Kehle. Jetzt bloß nicht anfangen zu heulen! Ich schaute ihm direkt in die Augen und nach einer ganzen Weile brachte ich endlich ein einziges, leises Wort über die Lippen: »Entschuldigung.«

Lächelnd setzte Patrick sich auf und nahm die Sonnenbrille nun ganz ab. Er blickte mich aus strahlend blauen Augen an und erwiderte: »Entschuldigung? Entschuldigung für was? Dafür, dass du meinen Garten umgegraben hast? Hey, Mann, dafür muss ich mich bei dir ganz herzlich bedanken. Das hätte ich niemals so schnell und so gut hinbekommen. Du musst in der vergangenen Woche geschuftet haben wie eine ganze Horde Gärtner. Oder meinst du, weil du mich aus dem Garten werfen wolltest? Naja, wenn man bedenkt, dass du davon ausgegangen bist, dass das dein Garten ist, dann hättest du jedes Recht dazu gehabt.« Patrick lachte schallend. Prima, nun machte er sich auch noch lustig über mich.

»Ich hätte dich vielleicht gleich am Anfang darüber informieren können, dass du hier in meinem Garten bist. Mir hat das nur ehrlich gesagt imponiert, wie forsch du mit deinen – wie groß bist du? Eins sechzig? – aufgetreten bist.« Grinsend blickte er von seinem Liegestuhl aus zu mir herüber.

»Hey, ich bin immerhin einen Meter achtundsechzig«, erwiderte ich und fing langsam an, die komische Seite an dieser Situation zu erfassen.

»Wie auch immer. Du musst dich nicht entschuldigen. Ehrlich. Ich kann das ja überhaupt nicht mehr gut machen, dass du meinen Garten quasi auf Hochglanz poliert hast. Ich habe selbst erst gedacht, dass ich mich im Garten vertan hätte, als ich heute Morgen hier angekommen bin. Hab mich noch gewundert, als mich Herr Schmitt mit den Worten *Ihre Freundin*

war die ganze Woche fleißig, sie können stolz auf das Mädel sein!
begrüßte. Ich dachte echt, der verarscht mich jetzt.«

»Ja, den netten älteren Herrn hab ich tatsächlich gestern
gesehen«, lachte ich und musste über die ganze Situation
den Kopf schütteln. »Mensch, ich hab noch gedacht, der Alte
Herr sei senil, als er von meinem Freund sprach. Und bin
nicht einmal stutzig geworden.« Es gab noch mehr Anzei-
chen, dass dies der falsche Garten war, schoss es mir durch
den Kopf, als mir die Geschichte mit dem gemauerten Grill
wieder einfiel. Oh Mann! Zwölfter Garten, Parzelle Nummer
zwölf – mal ehrlich, das konnte doch kein Mensch ahnen!

»Was hältst du davon, wenn ich dir jetzt bei deinem Garten
helfe? Quasi als Entschädigung für die hier geleistete Arbeit? Deine Pflänzchen«, er deutete auf die Kiste zu meinen
Füßen, »müssen ja auch schnellstmöglich in die Erde. Auf
geht's! Eine Hand wäscht die andere.« Er hob die Kiste auf,
klemmte sich eine Hacke unter den Arm und ließ mir den
Vortritt. Von hinten schubste er mich mit der Hackenspitze
an.

»Und? Was machst du sonst so, wenn du nicht gerade
fremde Gärten auf Vordermann bringst?« Okay, mein Humor
war zurück. Ich musste schallend lachen. Und dass ich nun
einen Helfer und Verbündeten beim Kampf gegen die spontanen Begleitvegetationen in Kulturpflanzenbeständen hatte, war wenigstens ein kleiner Trost für die ganze schwere
Arbeit in einem fremden Garten. Außerdem würde Susanne
vielleicht Augen machen, wenn ich gleich mit Patrick zusammen in unserem Garten auftauchen würde. Hatte sie nicht
neulich erst gesagt, ein Schrebergarten sei nur etwas für

ältere Semester, da würde man mit Sicherheit keinen Mann in unserem Alter kennenlernen? Susi würde Bauklötze staunen! Das Schicksal war manchmal wie ein verwunschener Garten: Überall wuchsen neue Überraschungen.

Nussecken

Für den Teig:
300 g Mehl
1 gestrichener TL Backpulver
130 g Zucker
2 Päckchen Vanillezucker
2 Eier
130 g Butter

Für die Füllung:
200 g Butter
200 g Zucker
2 Päckchen Vanillezucker
4 Esslöffel Wasser
200 g gehackte Mandeln
200 g gemahlene Haselnüsse
Schokoladenguss

Zum Bestreichen:
4 EL Aprikosenmarmelade

1. Alle Teigzutaten verkneten und auf einem mit Backpapier ausgelegten Backblech ausrollen.

2. Teigmasse mit 4 Esslöffel Aprikosenmarmelade bestreichen.

3. Für die Füllung Butter, Zucker, Vanillezucker und Wasser in einem Topf langsam zerlassen und kurz aufkochen. Danach die Nüsse mit den warmen Zutaten vermengen und abkühlen lassen.

4. Die Masse gleichmäßig auf dem Teig verteilen und glatt streichen.

5. Bei ca. 180° C etwa 30 Minuten backen, bis die Oberfläche leicht gebräunt ist.

6. Die Teigplatte noch warm in Dreiecke schneiden. Wenn man das Messer in kaltes Wasser taucht, bleibt kein Teig am Messer kleben. Die Nussecken auf einem Kuchengitter auskühlen lassen.

7. In reichlich Schokoladenguss tunken.

ALLEINE ZU HAUSE

»Ja, das ist doch kein Problem, klar füttere ich Wilma und Fred, das mach ich doch gerne. Mach dir nur keine Sorgen, und wenn er dich nach dem Wochenende nicht gehen lassen will, dann schaffe ich die nächste Woche auch alleine. Du weißt ja, in den Sommerferien ist in der Agentur eh nicht so viel los. Ich werde Sandra und Patrick dann einfach mit der Ablage beschäftigen, das geht schon. Ich wünsche dir ein wundervolles, nein, ein mega-heißes und legendäres Wochenende! Tu alles, was ich auch machen würde, und hab ganz viel Spaß!«

Gott, war ich neidisch auf meine Mitbewohnerin und seit kurzem auch Geschäftspartnerin Alex! Ich legte den Hörer auf die goldene Gabel des nostalgischen Telefons mit Wählscheibe und rotem Samtbezug. Sofort verstummten Wilma und Fred, Alex' Nymphensittiche, die ich für die nächsten paar Tage zu versorgen hatte. Typisch: Wenn ich redete, lärmten die beiden derart laut in ihrer Zimmervoliere, dass man sein eigenes Wort nicht verstand, aber sobald das Gespräch beendet war, waren die beiden Biester wieder leise.

»Hey, ihr zwei, benehmt euch! Ihr seid in den nächsten Tagen von mir abhängig!«

Mit einem Grinsen auf den Lippen betrachtete ich die Vögel bei ihrem drolligen Spiel und ihren zirkusreifen akrobatischen Einlagen. Vogel müsste man sein, dann wäre das Leben viel einfacher. Man müsste sich keine Gedanken um Arbeit, Geld oder gar das Liebesleben machen, bekäme jeden Tag sein Futter, frisches Wasser und – je nachdem, welcher Wochentag gerade war – entweder Salat, Apfel, Gurke, Möhre oder was sonst noch so auf dem Speiseplan stand. Samstags gab es frische Petersilie für Wilma und Fred. In Gedanken schrieb ich das auf meine Einkaufsliste. Alex hatte die besten Tage für jede Obst- oder Gemüsesorte von einem Medium ermitteln lassen. Sie stand total auf diesen ganzen Hokuspokus, mit dem ich so überhaupt nichts anfangen konnte. Ich nahm an, sie tanzte ab und zu auch nackt im Mondlicht. Jedenfalls hatte *sie* es mal wieder geschafft, einen ganz hinreißenden Mann kennenzulernen, der sie natürlich prompt übers Wochenende auf seine Yacht einlud. *Mir* passierte so etwas nie! Ich konnte schon dankbar sein, wenn der Mann, den ich kennenlernte, ein eigenes Auto besaß. Hier daheim hatte ich zwar keinen Mann mit Yacht, aber ich hatte etwas mindestens genauso Gutes. Ich hatte himmlische Ruhe! Die Wohnung gehörte mir. Vor allem gehörte mir das Bad, ohne dass Alex nörgelnd hinter mir stand und die Zahnseide quietschend durch die Zähne zog, und ich konnte frühstücken, ohne das Feuilleton der Wochenendausgabe zerpflückt zu bekommen. Prima! Ich goss mir eine Tasse Kaffee ein und überlegte, wie ich mein mitbewohnerfreies

Wochenende gestalten sollte. Früh aufstehen oder lange schlafen? Sportlich aktiv oder faul auf der Couch? Freunde treffen oder die Ruhe genießen? Tanzen und Spa! Das war die Headline. Heute Abend wollte ich in einen Club gehen und morgen würde ich den lieben langen Tag in der Badewanne liegen. Mindestens so lange, bis mir Schwimmhäute wuchsen.

* * *

Die Welt war klein. Ich kannte das Security-Team und ich kannte den DJ, der heute Abend die Musik auflegen würde. Ich war also in Nullkommanichts an der Schlange vorbeigetänzelt und wurde vermutlich nur durch den Bodycheck geschleust, weil mir der Türsteher, den ich schon seit der Schulzeit kannte, mal wieder an den Hintern packen wollte. Ich schob die Tür auf und inspizierte den Saal. Auf der Tanzfläche war noch nicht wirklich viel los. Es war ja auch noch recht früh, außerdem kam die Musik noch vom Band, denn der DJ baute gerade erst auf der Brücke über dem Tanzbereich die Technik auf. Ich gab an der Garderobe meine Jacke ab und machte mich auf den Weg zur Bar, denn ich hatte schon von weitem bekannte Gesichter erspäht. Die Hälfte meiner Clique saß am Tresen und becherte ein Glas Tequila nach dem anderen. Na, die hatten es ja gut vor. Ich winkte in die Runde und setzte mich auf einen freien Barhocker am Ende der Reihe. Anne prostete mir zu und deutete auf den Herren, neben den ich mich gesetzt hatte.

»Mein Cousin aus Freiburg«, brüllte sie über die Köpfe hinweg.

Der nette junge Herr lachte und reichte mir die Hand.

»Ich bin Manfred.«

»Ist ja schräg. Wie das genervte Mammut aus *Ice Age*.«
Da war also mein Mundwerk mal wieder schneller als das
Hirn. Ich kniff die Augen zu und schlug mir die Hand vor
den Mund.

»Richtig. Langer Rüssel, enorme Stoßzähne. Das bin ich«,
lachte Manfred und winkte ab. Uiuiui. Diese Bilder in meinem Kopf! Ich bestellte mir darauf erst einmal ein Glas Tequila. Aber scheinbar hatten Manfred und ich denselben
Humor. Solange der DJ noch nicht an der Reihe war und
die Musik noch eine Lautstärke hatte, bei der man sich relativ problemlos unterhalten konnte, rissen Manfred und ich
einen Witz nach dem anderen, lästerten über andere Gäste, und plauderten zwischendurch auch über die üblichen
Smalltalk-Themen, die auf der Tagesordnung standen, wenn
man sich gerade erst kennenlernte. Woher kommst du, was
machst du so, welche Musik hörst du? Die ganze Liste hoch
und runter. Ich erfuhr beispielsweise, dass Manfred das
nächste halbe Jahr hier in Frankfurt verbringen würde, um
eine Zweigstelle seines Betriebes aufzubauen. Und ich erfuhr, dass die Chancen gutstanden, dass er dann auch blieb.
An dieser Stelle spitzte ich natürlich die Ohren.

Überrascht war ich allerdings, dass ein Mammut so gut
tanzen konnte. Manfred war wirklich ein hervorragender Tänzer. Das und sein wunderbarer Humor waren eine
ausgezeichnete Kombination. Erst gegen drei Uhr nachts
schnappte ich mir schließlich meine Jacke und stöckelte auf

meinen Highheels gut gelaunt nach Hause.

Ich hängte die Schlüssel ans Schlüsselbrett, putzte mir die Zähne und kroch ins Bett. Aber selbstverständlich war ich noch viel zu aufgekratzt, um schlafen zu können. Ich angelte also nach der Fernbedienung und zappte durch die Programme. Erstaunlich, wie viele Werbespots um diese Uhrzeit durch lautes Stöhnen untermalt ihre Hotlines anpriesen. Da war ja echt für jeden was dabei: Heiße Boys für Boys, Muttis, ja sogar eine Omi-Hotline gab es, bei der reife Frauen ab fünfundsechzig ihre Dienste anboten. Na, wenn das mit der Agentur später einmal nicht mehr lief und Alex und ich alt und grau waren, dann könnten wir uns damit noch etwas Geld dazuverdienen. Ich kicherte. Alex und ich, gemeinsam am Küchentisch, in der Hand eine Tasse Fencheltee und an der Strippe alle dreißig Minuten ein anderer wildfremder Mann – oder ein Mammut. War das wirklich so urkomisch, oder hatte ich ein Glas Tequila zu viel getrunken? Ich musste den Sender wechseln, sonst würde ich von Rüsseln träumen. Ich zappte weiter und blieb irgendwann bei einer Liebesschnulze hängen. Ja, so eine Herz-Schmerz-Geschichte war genau das Richtige. Da musste man nicht nachdenken, konnte langsam runter fahren und wegdämmern.

* * *

Ich wusste nicht, ob es die Sonnenstrahlen waren, die um die Mittagszeit mein Zimmer in ein helles Licht tauchten, oder ob Wilma und Fred sich sehr laut unterhalten hatten, jedenfalls war ich dann auch endlich wach. Ausgiebig räkelte ich mich im Bett und bewegte versuchsweise die Zehen, um meinen Kreislauf ganz langsam in Schwung zu bringen. Es war entspannend, keine Termine zu haben und so lange liegenbleiben zu können, wie ich wollte. Ich zog tatsächlich in Erwägung, jemanden anzurufen, der mir Kaffee ans Bett brachte. Ich verwarf den Gedanken jedoch ganz schnell wieder, weil ich demjenigen ja erstmal die Tür öffnen müsste und dann ohnehin in der Nähe der Küche wäre. Außerdem war es nicht unbedingt erstrebenswert, jemandem zu begegnen, wenn man noch nicht im Bad gewesen war, um sich etwas aufzuhübschen. Zumindest, wenn man, wie ich, noch Single war.

Okay, wach war ich schon mal. Zähne putzen, duschen und dann ab zum Einkaufen. Das war der Plan. Frühstücken konnte ich irgendwo unterwegs, ich hatte sowieso nichts Anständiges im Haus. Meinen Beauty-Tag verschob ich auf morgen.

Mit der Einkaufsliste in der Hand schlenderte ich die Gänge des Supermarktes entlang. Für Wilma und Fred brauchte ich Petersilie und für morgen stand bei den beiden Rucola auf dem Plan. Ich wollte mich ja nicht beschweren, aber ich konnte mich nicht erinnern, wann *ich* zum letzten Mal Rucola gegessen hatte. Alex, die übrigens eine fantastische Köchin war, machte für uns meistens ganz normalen grünen Salat oder Eisbergsalat. Ich selbst wäre niemals auf die Idee gekommen, zu meinen Mahlzeiten einen Salat zuzubereiten. Weder als Haupt- noch als Zwischenmahlzeit. Fleisch war mein Gemüse. So lautete meine Devise, und damit fuhr ich so weit ganz gut und erntete dafür stets wohlwollende

Blicke von meinen männlichen Bekannten. Alex setzte ihrer Tierliebe natürlich noch das Krönchen auf. Sie legte größten Wert darauf, dass der Rucola für ihre Lieblinge nicht nur frisch war, sondern auch Bio-Qualität hatte. Also rein damit in den Einkaufswagen. In der Drogerie kaufte ich mir diverse Cremes, Badezusätze, Peelings und Masken, damit ich morgen auch eine große Auswahl hatte, wenn ich für mindestens drei Stunden ungestört im Badezimmer verschwinden würde. Ach, was sagte ich da? Bademantel und dicke Socken, Masken und Peelings ... es würde eine Beauty-Orgie werden! Die prallgefüllten Tüten schleppte ich in das Bistro im Einkaufscenter. Während ich am Tisch saß und auf meine Pizza wartete, blätterte ich in einer Frauenzeitschrift und verfolgte ganz fasziniert die Beauty-Tipps.

»Ist hier noch frei?«, hörte ich eine bekannte Stimme fragen. Ich blickte auf. Himmel, wie hieß er doch gleich? Ich grübelte kurz: *Ice Age* – Mammut – Manfred!

»Hallo Manfred! Schön dich zu treffen, klar, setz dich! Bist du auch schon wieder unter den Lebenden? Wie lange habt ihr gestern noch gefeiert?«

»Naja«, grinste Manfred, »wir wären fast der Putzfrau noch begegnet. Aber ehrlich gesagt wurde es langweilig, als du weg warst. Dein beißender Sarkasmus hat eindeutig gefehlt. Ich hab dann nur noch Wasser getrunken und war schon wieder ziemlich fit, als wir endlich aufgebrochen sind.«

Manfred bestellte sich auch eine Pizza und wir fielen wenig später gemeinsam über die italienischen Klassiker her. Nach der Pizza folgte ein gemeinsames Eis, mindestens zwei Tassen Kaffee und drei Maracuja-Schorlen. Wir hatten uns richtig festgequatscht. Als ich dann zufällig auf die Uhr schaute und feststellte, dass es bereits später Nachmittag geworden war, sprang ich erschrocken auf.

»Himmel! Wilma und Fred haben ihre Petersilie noch nicht bekommen! Ich muss nach Hause!«

Manfreds Gesichtsausdruck war einfach nur göttlich! Mit Geld nicht zu bezahlen.

»Ich erkläre es dir ein andermal!«, winkte ich ab, zog meine Jacke an und warf zwei Scheine auf den Tisch. »Sorry, ich muss jetzt los. War ein sehr netter Tag mit dir!« Und weg war ich.

Wilma und Fred war es natürlich herzlich egal, dass sie erst so spät ihr Grünzeug bekamen. Sie hatten ja genug Körner in ihrem Napf, und nachtragend waren Nymphensittiche scheinbar auch nicht. Kurz überlegte ich, ob ich vielleicht bei Manfred anrufen und ihn fragen sollte, ob wir uns heute Abend auf ein Glas Wein treffen wollten, aber das wäre dann wahrscheinlich zu aufdringlich gewesen. Schließlich hatten wir den ganzen Nachmittag schon zusammen verbracht. Also verzog ich mich mit einem guten Buch ins Bett. An einem Samstagabend. Das hätte ich niemals machen können, wenn Alex zu Hause gewesen wäre! Sie war die wesentlich aktivere Partymaus, und für sie wäre es überhaupt nicht in Frage gekommen, an einem Samstag zu Hause zu bleiben. Warum also nicht? Das Buch war sehr spannend und fesselte mich bis kurz nach Mitternacht, dann fielen mir die Augen zu.

* * *

Sonntagmorgen, neun Uhr. Und ich war schon wach. Auf ging's zur Beauty-Orgie! Nachdem ich mich ausgiebig gestreckt hatte, warf ich die Bettdecke zur Seite und schwang meine Beine aus dem Bett. Ein ganzer Tag nur für mich! Im Morgenmantel betrat ich die Küche und holte gleich mal den Rucola für Wilma und Fred aus dem Kühlschrank. Die beiden blickten mich irritiert an. Sie hatten ja noch nicht einmal die Petersilie vom Vortag aufgefressen. Ich entsorgte die Reste, gab ihnen frisches Wasser und füllte den Napf mit Vogelfutter auf. Pflichtteil erfüllt. Fröhlich pfeifend ließ ich eine Kanne Kaffee durchlaufen, goss mir eine Tasse ein, füllte den Rest des Kaffees in die Thermoskanne und setzte mich dann Richtung Badezimmer in Bewegung. Ich drehte den Wasserhahn auf, um mir ein Bad einzulassen, rasierte mir die Beine – man wusste ja nie, wozu es gut war – trug dann sorgfältig eine Schokoladenmaske auf mein Gesicht auf und ließ mich genüsslich ins heiße Wasser gleiten. Kaffeetasse und Buch standen in bequemer Reichweite, leise Musik erklang aus dem Radio und die Kerze erfüllte das Badezimmer mit einem sanften Vanilleduft. Der Moment war nahezu perfekt.

Dann klingelte es an der Wohnungstür.

Murphys Gesetz schlug wieder zu. Im unpassendsten Moment klingelte immer jemand an der Tür. Nur wenige Sekunden vorher hätte ich mir einfach den Bademantel übergezogen und wäre an die Tür gegangen, ohne eine Wasserspur quer durch den Flur zu hinterlassen. Liegenbleiben? Ohren auf Durchzug? Es klingelte ein zweites Mal. Ok, ich konnte das Klingeln an der Tür nicht einfach ignorieren. Es konnte ja auch etwas Wichtiges sein.

Vor der Tür stand unsere Nachbarin Frau Huber aus der ersten Etage. Wichtig sah eindeutig anders aus. Irritiert schaute sie auf die Schokoladenmaske in meinem Gesicht, fasste sich aber schnell wieder und teilte mir in bestimmendem Tonfall mit, dass sie es künftig nicht mehr dulden würde, dass Alex ihr Fahrrad ständig im Hausflur abstellte. Als ob diese Information nicht auch bis nächste Woche hätte warten können. Ich schenkte Frau Huber das strahlendste Lächeln, dass die Schokomaske, die bereits anfing eine Kruste zu bilden, zuließ und versprach, Alex darauf hinzuweisen, sobald sie von ihrer kurzen Reise zurückgekehrt war.

»Gut so«, murmelte Frau Huber und ging. »Zicke«, dachte ich, und verdrehte die Augen. Dann machte ich mich auf den Weg zurück ins Bad. Mit einem wohligen Aufstöhnen ließ ich mich in das nun nicht mehr ganz so heiße Wasser gleiten, bewegte genüsslich die Zehen, trocknete mir die Hände ab und griff nach meinem Buch.

Es klingelte an der Wohnungstür.

Das war doch unfassbar! Die ganze Woche hatte niemand, noch nicht einmal der Postbote, an unserer Tür geklingelt, und jetzt gleich zum zweiten Mal innerhalb von nur wenigen Minuten. Genervt erhob ich mich aus der Wanne und streifte mir den feuchten Bademantel über. Zum Abwaschen der Schokomaske war ich ja leider noch nicht gekommen. Ich riss die Tür auf und fand mich Herrn Petersen gegenüber, der mir freudestrahlend die Prospekte und Werbezeitungen entgegenstreckte, die zum Wochenende an alle Haushalte verteilt wurden. Erschrocken zuckte er zurück, als er mein braunes Gesicht erblickte, hielt mir aber dennoch beherzt den Papierstapel entgegen.

»Dankeschön!«, sagte ich im Tonfall eines Feldmarschalls beim Geländetraining, nahm die Prospekte entgegen und warf ihm die Wohnungstür vor der Nase zu. Die Werbung knallte ich auf das Schränkchen im Flur und machte mich auf den Weg zurück ins Bad. Ich machte mir nicht die Mühe, den Bademantel wieder ordentlich aufzuhängen, da er mit den Spuren der Schokomaske am Kragen ohnehin in die Wäsche musste. Das Wasser war mittlerweile kalt und ich zog angekekst den Stöpsel aus der Wanne. Da musste dringend neues Wasser rein. Ich wartete kurz, trank meine Tasse leer, steckte den Stöpsel wieder rein und drehte den Wasserhahn auf. Es sprotzte kurz, dann kam kein Wasser mehr. „Was soll das denn jetzt?", entfuhr es mir.

Es klingelte an der Wohnungstür.

Verflixt und zugenäht! war der sanfteste Fluch, der mir über die Lippen kam. Ich schnappte mir erneut meinen Bademantel, der mittlerweile nicht nur nass, sondern auch eiskalt war, und ging zum dritten Mal innerhalb kürzester Zeit zur Wohnungstür. Dort wartete unser Hausmeister, Herr Kalubke. Nachdem er sprachlos auf die bröckelnde Schokomaske gestarrt hatte, teilte er mir mit, dass das Wasser aufgrund eines Wasserrohrbruchs für mindestens drei Stunden abgestellt werden musste. Mir fiel die Kinnlade herunter. Das konnte, das durfte doch wohl nicht wahr sein! Da plante ich *ein einziges Mal* einen Beauty-Tag, und schon ging alles schief. Ich hätte heulen können! Wie sollte ich denn ohne Wasser die Schokomaske loswerden? Frustriert schloss ich die Wohnungstür und schlurfte in die Küche, um mir noch eine Tasse Kaffee einzuschenken. Den hatte ich ja Gott sei Dank bereits vor meinem Gang ins Bad gekocht und in eine Thermoskanne gefüllt. Ich saß also am Tisch und kratzte mir eingetrocknete Schokoladenreste aus dem Gesicht. Schöner hätte ich mir meinen Beauty-Tag nicht ausmalen können, ehrlich. Das war der Gipfel der Unverschämtheit. Schlimmer konnte es ja wohl nicht kommen.

Es klingelte an der Wohnungstür.

Ich wollte mir gar nicht vorstellen, wer oder was mich nun an der Wohnungstür erwartete. Freddy Krüger? Die Zeugen Jehovas? Graf Dracula? Aber nein, das wäre ja noch zu ertragen gewesen. Wie sagte Otto Waalkes so schön? Aus dem Chaos sprach eine Stimme zu mir: Lächle und sei froh, es könnte schlimmer kommen. Ich lächelte und war froh, und es kam schlimmer!

Vor mir stand Manfred!

Auch das noch. Ausgerechnet bei ihm hätte ich es vorgezogen, mich von meiner besten Seite zu präsentieren. Verlegen fuhr ich mir mit der Hand durch die Haare, was mein Aussehen aber eher noch verschlimmerte, da an meinen Händen noch die Reste der Schokomaske klebten und ich mir weder das Gesicht noch die Haare hatte waschen können.

»Manni ...«, brachte ich nur kraftlos heraus und machte ihm Platz, so dass er eintreten konnte. Wie schon die drei Personen zuvor starrte auch er auf die braune Schokomaske, die mittlerweile nicht nur angetrocknet, sondern auch teilweise abgekratzt war. Oh Gott, ich wollte sterben! Mir schossen Tränen in die Augen und ich hoffte, mich einfach irgendwie in Luft auflösen zu können. Dem war natürlich nicht so. Ich musste da jetzt durch, egal wie peinlich die Situation für mich auch war.

»Hey, Jassi. Alles okay«, beruhigte Manfred mich und kam auf mich zu. »Du scheinst einen extrem schlechten Morgen gehabt zu haben. Lass mich wenigstens versuchen, dich auf-zuheitern.«

»Du willst mich aufheitern? Dann erschieß mich bitte. Lass mich einfach sterben! Alles ist besser als dir so, wie ich jetzt aussehe, gegenüberzusitzen. Ein Wasserrohrbruch im Haus verhindert, dass ich mich in den nächsten drei Stunden bes-ser fühlen werde …«

»Ist das da Schokolade in deinem Gesicht?«, fragte er we-nig gerührt von meinem Aussehen und meinem jämmerli-chen Zustand. »Das ist ja interessant!«

»Manni, bitte, mach dich nicht auch noch lustig über mich!«

»Ich mach mich doch gar nicht lustig über dich«, lächel-te er und zuckte dann mit den Schultern, »naja, zumindest nicht bösartig. Die Schokolade macht dich höchstens noch süßer, als du eh schon bist!«

»Das ist nicht witzig!«, meckerte ich, musste aber gegen meinen Willen auch ein bisschen lachen.

»Ich mach dir einen Vorschlag. Du ziehst dir schnell einen Jogginganzug über und wir fahren in meine Wohnung. Dort kannst du dich in Ruhe duschen und fertigmachen. Ich habe zwar keine Badewanne, aber ich denke, du bist schon dankbar für heißes Wasser, oder? Danach können wir bei mir was Leckeres kochen, oder wir lassen uns eine Pizza bringen. Was hältst du davon?«

Vor Dankbarkeit kamen mir erneut die Tränen.

»Manni, das wäre echt klasse!«

»Na dann, auf geht's. Mach dich fertig, ich genehmige mir so lange einen Kaffee, ja? Wo finde ich die Tassen?«

Rasch goss ich Manfred eine Tasse Kaffee ein und beeilte mich dann, meine Klamotten sowie meine Duschutensilien zusammenzuraffen. Binnen weniger Minuten stand ich mit gepackter Tasche abfahrbereit wieder in der Küche. Die Schokomaske störte mich kaum noch, als wir uns lachend und feixend auf den Weg zu Manfreds Auto begaben. Galgenhumor war besser als kein Humor. Trotzdem fühlte ich mich erst wieder wie ein Mensch, nachdem ich bei Manfred aus der Dusche gestiegen war und schließlich neben ihm am Esstisch saß.

»Oh Mann! Das war Rettung in letzter Sekunde!«, seufzte ich und nahm den Teller entgegen, den Manni mir aufgetan hatte. »Da bin ich ein einziges Mal alleine zu Hause, meine Mitbewohnerin ist nicht da und ich habe das Bad ganz für mich, ohne Hetze, und ohne, dass jemand quengelt und nörgelt, und dann passiert so etwas. Ich war schon am Verzweifeln. Scheinbar ist es mir nicht vergönnt, das Bad alleine zu genießen.« Ich kaute auf einer Gurke und runzelte die Stirn.

»Wieso bist du eigentlich bei mir vorbeigekommen?«

»Naja«, entgegnete Manfred, »eigentlich wollte ich dich fragen, ob du mit mir frühstücken gehen willst. Ich bin hier in der Stadt noch so alleine und Mammuts sind doch Herdentiere.«

Schon nahm er mich wieder auf die Schippe, aber ich liebte seinen Humor. Aus einem Impuls heraus gab ich ihm einen Kuss auf die Wange.

»Danke schön!«

Grinsend beugte sich Manfred zu mir herüber und schaute mir tief in die Augen.

»Ich hätte heute Morgen noch nicht zu träumen gewagt, dass du bei mir duschst und dann so herrlich duftend in meiner Küche sitzt, aber daran könnte ich mich gewöhnen.«

Na, den Wink mit dem Zaunpfahl verstand sogar ich. Lächelnd rutschte ich ein Stück näher an Manfred heran und ließ ihn an meinem Hals schnuppern. So schlecht war also ein Wasserrohrbruch am Sonntagmorgen gar nicht. Und zu zweit gefiel mir das Wochenende alleine auch gleich viel besser.

PIZZA

Für den Teig	**Für den Belag**
500g Mehl	*150 g passierte Tomaten*
1 Teelöffel Salz.	*Oregano*
½ Teelöffel Zucker	*obendrauf dann z.B.:*
20 g frische Hefe (= ½ Würfel)	*Champignons, Salami,*
300 ml Milch (oder Wasser)	*Gekochten Schinken,*
2 EL Olivenöl	*Geriebenen Käse,*
	Paprika, Zwiebeln,
	oder was das Herz begehrt :-)

1. Wichtig: Kein Vorteig! Geht auch so!

2. Hefe kleinkrümeln, Mehl, Salz, Öl und Zucker in eine Schüssel geben und lauwarme Milch oder Wasser dazugeben. Alles durchrühren und gehen lassen.

3. Danach ausrollen und auf ein mit Backpapier ausgelegtes Backblech legen. Die Menge reicht für 2 - 3 Bleche, je nachdem, wie dick man den Teig mag. Mit einer Gabel willkürlich hineinstechen und nochmals ruhen lassen.

4. Dann die passierten Tomaten auf den Teig streichen, Käse darüber streuen, Belag (Tomaten, Paprika, Champignons, Salami oder andere Wunschzutaten) darauf verteilen, zum Schluss nochmal Käse und Oregano oder Pizzagewürz drüberstreuen.

5. Nochmals gehen lassen und dann bei 200°C für ca. 20 - 30 Minuten in den Backofen!

Guten Appetit!

Ein sauberes Chakra

»Aaaah!«, stöhnte meine Kollegin Ramona Zorn mit einem glückseligen Lächeln auf den Lippen und räkelte sich wohlig auf ihrem Schreibtischstuhl. Genüsslich legte sie ihren Kopf von rechts nach links und dehnte vorsichtig ihre Halsmuskeln. Ihr Arbeitsplatz befand sich direkt gegenüber meines Schreibtischs. So hatten wir, durch den ständigen Blickkontakt, unsere non-verbale Kommunikation im Laufe der Jahre bis zur Perfektion ausbauen können. Ich hatte meine Kollegin wirklich herzlich gern. Sie war zu einer lieben Freundin geworden. An diesem verregneten Montagmorgen, ich hatte weder Kaffee noch Frühstück zu mir genommen, konnte ich diesen Anblick wandelnder Zufriedenheit und guter Laune allerdings nur schwer ertragen. Zumindest nicht in dieser hohen Dosis. Ich kannte Ramona lange genug, um zu wissen, dass ich sie nicht fragen musste, welchen Grund es für ihre tolle Laune gab. Spätestens in zwanzig Sekunden würde sie es mir sowieso auf die Nase binden – ob ich wollte oder nicht.

»Rate mal, was ich gestern gemacht habe!«

Hoppla, nicht einmal drei Sekunden hatte es gedauert.

»Weiß nicht«, brummte ich und schielte verstohlen zur Teeküche, in der Hoffnung, ihr erst einmal entfliehen zu können. An der Kaffeemaschine standen allerdings die Schnepfen aus der Buchhaltung. Da hatte ich jetzt noch weniger Lust drauf. Also Augen zu und durch – wie schlimm konnte es schon werden?

»Ich hatte einen Wellness-Tag!«, schwärmte Ramona. Stille. Fragend sah sie mich an.

»Ähm, toll!«, rang ich mir ab.

Mein Lächeln glich wahrscheinlich eher dem Zähnefletschen eines Dobermanns. Nun komm schon, ermahnte ich mich selbst. Ramona konnte schließlich nichts für die Katastrophen, die mir am Wochenende passiert waren. *Nicht schön* war hierbei noch gnadenlos untertrieben.

»Willst du denn gar nicht wissen, was ich alles gemacht habe?«, schnurrte Ramona und strahlte mich an.

Nein, ehrlich gesagt ist es mir gerade piep-egal, was du gemacht hast und ich will jetzt endlich einen Kaffee, dachte ich und sagte: »Doch. Na klar, erzähl. Bin schon total gespannt!« Ich seufzte leise in mich hinein und schickte stille Stoßgebete zum Himmel. Die Schnepfen aus der Buchhaltung konnten ja wohl nicht den ganzen Morgen die Teeküche besetzen.

»Ich sag nur AYURVEDA!«

»Aha.«

»Sagt dir das denn nichts?«

»Nö, sollte es?«

»Schätzchen, ich mach dir gleich mal einen Termin! So angespannt, wie du immer bist ... so eine Behandlung lässt dich buchstäblich zerfließen, macht dich sowas von geschmeidig. Insbesondere im Nackenbereich.«

»Ne du. Lass mal. Du weißt doch: Was der Bauer nicht kennt und so ...«, versuchte ich Ramonas Tatendrang zu bremsen. Aber zu spät. Sie hatte das Telefon schon am Ohr und ich hörte, wie sie wenige Sekunden später offensichtlich mit einem Anrufbeantworter sprach.

»Hallo meine Liebe, hier ist Ramona Zorn. Du, ich habe hier einen superdringenden Fall, der schnellstmöglich deine göttlichen Hände braucht. Ruf mich mal zurück, am besten in der Firma. Tschüssiiii!«

Noch vor dem ersten Kaffee hatte Ramona mich verplant. Der Tag fing ja gut an. Ein lautes Räuspern lenkte mich von Ramona und ihren Plänen ab. Egal wer es war, er musste sterben, oder er hatte zumindest verdammt schlechte Karten. Ich hatte noch keinen Kaffee!

»Guten Morgen, Herr Böser. Hatten Sie ein schönes Wochenende?«, flötete Ramona unserem Abteilungsleiter entgegen. Was wollte der denn schon hier? Ich murmelte einen kurzen Gruß, um nicht unhöflich zu wirken. Montagmorgen und der erste Besucher war unser Abteilungsleiter? Kurz überlegte ich, mich für den Rest der Woche einfach krankzumelden.

»Frau Zorn, Frau Himmel«, setzte Herr Böser an und machte damit auch mein letztes Fünkchen Hoffnung, er sei ganz zufällig hier, hätte sich womöglich nur in der Tür geirrt, zunichte. »Sie beide betreuen doch die Großkunden Hoffmann, Weiler und Knöterich inklusive Tochtergesellschaften. Ich brauche bis vierzehn Uhr jeweils eine vollständige, also wirklich lückenlose Auflistung aller Geschäftsvorgänge der letzten fünf Jahre. Dazu Auswertungen sämtlicher Transaktionen mit einem kurzen Verweis auf den jeweiligen Nettoertrag. Beim Nettoertrag reicht es, wenn Sie ihn in die jeweiligen Geschäftsjahre unterteilen.«

Na sauber! Wie großzügig. Es reicht, wenn wir den Nettoertrag in die jeweiligen Geschäftsjahre unterteilen, äffte ich Herrn Böser in Gedanken nach. Die Mittagspause war somit gestrichen. Ich bezweifelte, dass wir die ganzen Daten überhaupt bis vierzehn Uhr bei ihm abliefern konnten. Der Arbeitstag war für mich schon gelaufen, bevor er richtig begonnen hatte. Und Ramona? Die lächelte Herrn Böser an und bestätigte den Auftrag in locker-flockigem Ton: »Wird erledigt, Herr Böser. Kein Problem!« Ramona war am Wochenende offensichtlich nicht bloß massiert, sondern auch einer Gehirnwäsche unterzogen worden. Als unser Abteilungsleiter das Büro wieder verlassen hatte, lächelte sie immer noch. Unfassbar! Und ich? Ich hatte immer noch keinen Kaffee!

Um kurz nach zehn Uhr klingelte dann das Telefon und die Frau mit den Götterhänden war am Apparat. Im richtigen Leben hieß sie übrigens Helga Müller, ein ganz typischer Name für eine indische Heilerin. Eine Kundin hatte ihr kurzfristig abgesagt. Wenn ich pünktlich Feierabend machte, könnte ich um vier Uhr eine *Upanahsveda* genießen. Eine was bitte? Ich konnte das nicht einmal aussprechen, sollte es aber genießen? Das konnte ja heiter werden. Laut Ramona handelte es sich dabei um eine Rückenbehandlung, bei welcher heilende Kraft durch die Wirbelsäule floss.

»Durch die Wirbelsäule? ... Ja, ist klar.« Nun gut. Ich würde mich überraschen lassen.

Pünktlich um Viertel vor vier packte ich meine Sachen zusammen und fuhr meinen PC herunter. Die angeforderten Auswertungen hatten Ramona und mich tatsächlich die ganze Mittagspause gekostet, und unsere übliche Arbeit war natürlich liegen geblieben. Wahrscheinlich würde es die ganze Woche dauern, bis wir wieder in einem normalen Arbeitsrhythmus angelangt waren. Miesgelaunt verließ ich also meinen Arbeitsplatz, um meinen Rücken mit heilender Kraft durchfluten zu lassen.

Frau Müller öffnete mir in wallenden Gewändern, die sie wahrscheinlich selbst gebatikt hatte, die Tür und schwebte vor mir her in den Behandlungsraum. Dabei flatterte der Stoff derart, dass ich unmöglich erahnen konnte, welche Figur die Dame hatte. War man mit göttlichen Händen eher schlank oder doch etwas stabiler? Ehrlich gesagt fand ich den Turban, den sie trug, etwas übertrieben. Aber er passte farblich hervorragend zum restlichen Outfit. In der Mitte des Behandlungsraumes stand eine Liege und an der Seite eine kleine Sitzgruppe mit gemütlich aussehenden Sesseln. Frau Müller bot mir einen Sitzplatz an und ich begann, die Kissen neben dem Sessel auf den Boden zu stapeln. Hätte ich mich oben draufgesetzt, hätten meine Beine den Boden nicht mehr berührt. Im Raum roch es intensiv nach Räucherstäbchen, wobei ich nicht genau bestimmen konnte, welchen Duft sie verströmten. Vermutlich eine wirre Mischung aus allem, was der Esoterikmarkt so hergab.

»Trinken Sie doch erst mal einen Tee, liebe Frau Himmel. Darf ich Sie Sonja nennen? Bitte nennen Sie mich Gisela!«

Gisela? Ich dachte, sie hieß Helga! Naja, Bruce Wayne wurde ja auch zu Batman, sobald er das Cape überzog. Vielleicht sollte ich mir auch ein Alter Ego zulegen. Ich nickte jedenfalls und nahm den dampfenden Tee entgegen. Argwöhnisch schnupperte ich an der Tasse und trank vorsichtig den ersten Schluck. Okay. Nichts, was ich mir in einem Restaurant bestellt hätte, aber durchaus trinkbar. Frau Müller – ach nein, Gisela – zählte eine ganze Reihe Zutaten auf, die scheinbar in diesem Tee steckten. Außer Kardamom und Zimt kannte ich keines der Kräuter oder Gewürze, hatte nie davon gehört. Gisela erzählte mir in wenigen Worten, wie sie ihre Ausbildung in Indien absolviert hatte und ich gewann langsam aber sicher den Eindruck, dass sie sich während dieser Ausbildung definitiv zu lange in der Sonne aufgehalten hatte. Sie sprach alles sehr langsam und gedehnt aus. Quasi zwischen den Buchstaben jeweils ein Leerzeichen. Ich konnte sie mir sehr gut in den späten Sechzigern in einer Hippie-Kommune vorstellen. Total zugedröhnt, ihren Namen tanzend, aber vollkommen entspannt ...!

Nach der Tasse Tee durfte ich mich entkleiden und auf die gepolsterte und angewärmte Liege legen. Für den Kopf war eine runde Aussparung vorhanden, so dass ich nun direkt auf den Boden schaute. Keine gute Aussicht, aber ich machte ohnehin die Augen zu. Sollte ich einschlafen, und das war durchaus im Bereich des Möglichen, wäre dies nicht weiter tragisch, weil ich heute ohnehin nichts mehr vorhatte. Mario war noch auf Geschäftsreise und ich erwartete ihn erst heute Nacht wieder zurück. Mit sanften, streichelnden Bewegungen machte sich die Dame ein Bild von meinem Rücken und murmelte hier und da ein paar unverständliche Floskeln, die für mich zunächst nach *Schaschlik Rhabarber* und dann ähnlich wie *Humba Flöte* klangen. Sie schien ganz in ihrem spirituellen Singsang aufzugehen. In ihrem Tee waren eindeutig mehr Glückskräuter gewesen, als in meinem. Ich ließ sie einfach mal machen, ließ alles geschehen. Die Anspannung des kompletten Tages, der ja nicht gerade erfreulich war, sollte jetzt weichen. Die Sehnsucht nach Mario und die Nachwirkungen des verkorksten Wochenendes würde ich jetzt einfach ignorieren und mich von Giselas Singsang einlullen lassen. Nichts denken, abschalten, tief atmen. Sie verwöhnte meinen Rücken mit sanften Streicheleinheiten und angewärmtem Öl. Hmmm, wie wunderbar. Ganz leise und von weit entfernt drang Giselas Stimme zu mir durch und ich realisierte, dass sie mich direkt ansprach.

»Ich merke, dein Rücken ist ja total verspannt. Das liegt daran, dass deine Chakren total verklebt sind. Die werde ich jetzt erst einmal sauber machen.«

Ich öffnete die Augen, schielte nach links, sah aber nur Giselas nackte Füße. Aha, dachte ich mir. Meine Chakren waren also verklebt. War ja ganz klar. Mein Physiotherapeut hatte mir da offensichtlich Blödsinn erzählt, als er mir mitteilte, dass meine Verspannungen von der Fehlhaltung am Schreibtisch kamen. Es klang natürlich viel spektakulärer, wenn ich meinen Mädels in Zukunft erzählen könnte, dass meine Chakren verklebt seien. Das hätte sonst keine! Ich nickte also und wartete ab. Die Dame mit den offensichtlich versteckten indischen Wurzeln lief kurz durch den Raum, klapperte mit etwas und kam dann wieder zurück. Plötzlich erschien ein länglicher Stein in meinem Blickfeld, kurz darauf Giselas Gesicht. Wie hatte sie das denn jetzt geschafft? Hatte sie sich unter die Liege gerollt, nur um mit mir zu kommunizieren?

»Dieser kleine Stein hat eine heilende Wirkung. Er ist mein Zauberstab, mit dem ich all die Verklebungen deiner Chakren lösen werde«, teilte sie mir unter heftigem Nicken mit. Ein schöner Stein, dachte ich mir. Er war etwa halb so groß wie ein Kugelschreiber und ganz glatt geschliffen. Ich war gespannt. Gisela verschwand aus meinem Blickfeld und ich starrte erneut auf den Boden. Giselas Singsang begann von neuem.

»So, dann geht es auch schon los. Bitte wieder ganz entspannt atmen.«

Ich schloss die Augen und atmete tief ein, in freudiger Erwartung der Dinge, die da kommen würden.

SCHMERZ!

Ich riss die Augen auf und rollte mich zur Seite, in dem verzweifelten Versuch, diesem bohrenden Schmerz zu entgehen, der sich direkt neben meiner Wirbelsäule ausbreitete. Tränen schossen mir in die Augen und ich stierte sie böse an.

»Stopp! Aufhören!«

Verblüfft hielt Gisela inne und hob die Hände samt Stein des Todes beschwichtigend in die Luft.

»Ganz ruhig. Ich werde ganz sanft sein. Leg dich bitte wieder hin«, bat Gisela. Ich wusste zwar nicht, ob ich dem

Frieden trauen konnte, aber da der Schmerz etwas nachließ, rollte ich mich wieder herum und legte meinen Kopf im Loch der Liege ab.

»Da scheinen aber einige böse Geister in dir zu wohnen.«

Ein schmatzendes Geräusch war zu hören, als ich nochmals den Kopf anhob und die Haut sich von der glatten Oberfläche löste. Entgeistert starrte ich Gisela an. Tatsächlich suchte ich nach den richtigen Worten. *Böse Geister? In mir?*

»Nein, Scherzchen gemacht. War's echt so schlimm? Das tut mir leid. Dabei habe ich doch eben erst angefangen, die Schlacken von deinen Chakren zu lösen.«

»Du sollst die Schlacken lösen, nicht meine Wirbelsäule brechen.«

»Ach nein«, winkte Gisela ab, »das war doch noch gar nichts. Weißt du, was ich bei meiner Ausbildung in Indien alles erdulden musste? Da ist das wirklich ein Spaziergang. Warte ab, du wirst sehen, du fühlst dich hinterher wie neugeboren!«

»Nein! Wenn das bedeutet, dass du weiter mit diesem Stein in meiner Wirbelsäule bohrst, dann laufe ich lieber mit schmutzigen Chakren rum!« Entschlossen stemmte ich meine Arme rechts und links auf die Liege, um meinen Oberkörper hochzudrücken. Schon wieder war das schmatzende Geräusch zu hören. Diesmal, weil meine Brust an der Liege klebte. Ich schwang die Beine über die Liege, versuchte runter zu hüpfen, wurde aber von der Plastikoberfläche der Liege gebremst. Quietschend schob ich meinen Hintern an die Kante und stand auf. Mit dem Rücken zu Gisela. Zugegeben, dies war nicht gerade die eleganteste Art, um aufzustehen, aber ich wollte dieser Frau aus einem irrationalen inneren Impuls heraus nicht splitterfasernackt frontal gegenüberstehen. Nach dieser Aktion mit dem Stein hatte sie sowieso nur verdient, meine Kehrseite zu sehen. Entschlossen stapfte ich zum Sessel, auf dem ich meine Kleidung zurückgelassen hatte. Hastig schlüpfte ich in ein Hosenbein.

»Aber so warte doch ...«

»Nein, es hat sich ausgeputzt, meine Chakren sind auch so okay.« Da hatte sie echt einen empfindlichen Nerv bei mir getroffen. Ich zog mich an, ignorierte alle ihre weiteren Versuche, mich zum Bleiben zu bewegen, und verließ schleunigst diesen Entspannungstempel. Ramona würde morgen etwas zu hören bekommen.

* * *

Schon beim Aufschließen der Wohnungstür stieg mir der verführerische Duft von chinesischem Essen in die Nase. Mario war offensichtlich schon früher zurück und wollte mich mit meinem Lieblingsessen überraschen. Lächelnd stand er in der Küchentür, einen Kochlöffel in der Hand und nichts weiter an als die Küchenschürze. Yessss! Überraschung geglückt! Tasche und Jacke schmiss ich in die Ecke, dann kickte ich die Wohnungstür mit dem Fuß zu. Lasziv lehnte ich mich an den Türrahmen und knöpfte langsam meine Bluse auf.

»Hey«, begrüßte mich Mario betont lässig und raunte dann leise: »Verdammt, hab ich dich vermisst!« Sein Blick schrie: *Runter mit dem lästigen Stoff*! Er rührte sich aber nicht vom Fleck, sondern schaute wie gebannt auf meine Hände. Knopf für Knopf öffnete ich die Bluse und ließ sie dann achtlos zu Boden fallen. Meine Hände legte ich auf die Spitze meines BHs und ließ sie schließlich wie in Zeitlupe meinen Körper hinuntergleiten.

»Eine Frau Müller hat angerufen. Du hast sie nicht bezahlt für die Massage.« Er zog fragend eine Braue hoch, ließ meine Hände aber nicht aus den Augen. »Du lässt dich massieren? Ich dachte, das ist mein Job?«

»Schatz, als ich ihre Hände auf meinem Körper spürte, habe ich nur an dich gedacht«, hauchte ich und ging langsam, jeden Schritt mit einem provokanten Hüftschwung betont, auf ihn zu. Wenige Zentimeter vor ihm blieb ich stehen und strich genüsslich mit beiden Händen seine Arme hinauf bis zum Nacken und dem Verschluss der Schürze.

»Beweg dich nicht. Lass mich genießen, was ich auspacke«, murmelte ich, während ich geschickt die Bänder löste. Das Oberteil klappte nach vorn und gab den Blick auf seine gebräunte Brust frei. Andächtig strich ich ihm über die seidig glatte Haut und ließ dann meine Hände langsam zu seinem Rücken und hinab Richtung Po wandern, um auch hier den Knoten zu öffnen. Mario atmete merklich intensiver und genoss mit geschlossenen Augen, was ich mit ihm machte. Die Schürze segelte zu Boden. Ja, Mario freute sich tatsächlich, mich zu sehen. Mit unserer Zurückhaltung war es augenblicklich vorbei.

»Zeig mir, dass du mich besser entspannen kannst als Frau Müller«, brachte ich zwischen zwei heftigen Küssen gerade noch heraus, bevor er mich eilig ins Schlafzimmer zog.

* * *

»Aaaah!«, stöhnte ich mit einem glückseligen Lächeln auf den Lippen und räkelte mich wohlig auf meinem Schreibtischstuhl. Genüsslich legte ich den Kopf von rechts nach links und dehnte vorsichtig meine Halsmuskeln. Bei der Erinnerung an die vergangene Nacht presste ich instinktiv die Schenkel zusammen, um dem wiederaufflammenden Kribbeln keine Chance zu geben. Schließlich saß ich im Büro! Ramona interpretierte mein wohliges Seufzen natürlich vollkommen falsch.

»Habe ich nicht gesagt, Frau Müller hat göttliche Hände?«, fragte sie mich mit einem triumphierenden Grinsen im Gesicht.

»Frau Müller?«, winkte ich ab. »Ramona, du hast wirklich keine Ahnung von Entspannung.«

CHINESISCHE NUDELPFANNE

500 g chinesische Eiernudeln
3 dicke Karotten
1 Bund Frühlingszwiebeln
1 rote Paprika
500 g Hähnchenbrustfilet
Sojasoße

etwas Olivenöl
1 Knoblauchzehe
Curry
2 EL Petersilie (fein gehackt)
1 Schuss Zitronensaft

1. Die Nudeln nach Packungsanweisung bissfest kochen, abgießen und abtropfen lassen.

2. Wasser in einem Topf zum Kochen bringen, 2 EL Currypulver und ein paar Spritzer Sojasoße hinein geben. Wenn das Wasser kocht, die Hähnchenbrustfilets hinein geben und 20 - 30 Minuten kochen. Nach ca. 15 Minuten die in Scheiben geschnittenen Karotten dazugeben. Achtung, nicht zu weich kochen! Danach abgießen und abtropfen lassen.

3. Die Paprikaschote in dünne Streifen, die Zwiebel in dünne Ringe schneiden und den Knoblauch hacken. Alles in einer Pfanne bei mittlerer Hitze mit etwas Öl 2 - 3 Minuten anbraten.

4. Nun das Fleisch in mundgerechte Stücke schneiden und mit den Karotten in die Pfanne geben, die Petersilie und einen Schuss Zitronensaft dazu. Alles noch einmal 2 - 3 Minuten scharf braten. Zuletzt 1 EL Currypulver und 2 EL Sojasoße sowie die abgetropften Nudeln dazugeben und 4 - 5 Minuten bei starker Hitze unter ständigem Rühren braten.

Vor dem Servieren noch 5 Minuten ziehen lassen.

HILLARY UND ICH

Darf ich vorstellen:

Hillary.

Hillary ist ein Teil von mir, quasi mein zweites *Ich*. Sie ist die Frau, die ich immer schon sein wollte, es mich aber nicht traue. Sie ist diejenige, die mit einem Glas Champagner und High Heels locker plaudernd auf jeder Party der Star ist ... der Star *wäre*. Wenn nicht ich auch noch in diesem Körper wohnen würde. Ja, ich. Tina. Eigentlich Christina. Eine junge Frau, im Grunde ihres Herzens schüchtern und eher zurückhaltend. Das nette Mädchen von nebenan, das gelegentlich kräftig von Hillary in den tendenziell etwas zu voluminösen Po getreten bekam. Selbstverständlich in den unpassendsten Momenten.

* * *

Wahrscheinlich hatte jede Frau mindestens eine Sache an ihrem Körper auszusetzen. Bei mir war es etwas anders. Es ersparte erheblich Zeit, wenn ich kurz aufzählte, was ich an meinem Körper als akzeptabel empfand: meine Augen. Punkt. Strahlend, dunkel, braun, interessiert an allem und jedem. Hillary sah das natürlich ganz anders. Sie würde den, in meinen Augen etwas zu üppigen, Busen gerne öfter in Szene setzen. Sie würde die Beine, die ich gerne in Jeans versteckte, lieber durch kurze Röcke hervorheben und diese geballte Ladung Weiblichkeit offensiv der Männerwelt präsentieren. Das gäbe meinem kläglichen Sexualleben wahrscheinlich einen gewaltigen Aufschwung. Das lag aber nicht allein an mir. Manchmal waren die Signale, die Hillary an die Männerwelt aussendete, zu plump und zu direkt. Sogar ich als Mauerblümchen wusste, dass ein Mann nicht gejagt werden, sondern selbst die Beute erlegen wollte. Hillary hielt von diesen alten Zwängen überhaupt nichts und ließ uns regelmäßig in peinliche Situationen schliddern.

Es war Samstagabend, und an Samstagabenden ging man aus. Ich war daher mit meiner Freundin Sabine und unserem schwulen Freund Matthias verabredet. In der Stadt hatte eine neue Location eröffnet und musste dringend von uns getestet werden. Cocktails und tolle Musik. Das versprach doch, ein toller Abend zu werden. Nachdem ich zwanzig Minuten um einen Parkplatz gekämpft hatte, kam ich völlig entnervt und abgehetzt in der Bar an. Sabine und Matthias hatten bereits ihre Cocktails bestellt. Offensichtlich musste ich mich selbst versorgen. Eine Kellnerin war nicht in Sicht, also kämpfte ich mich durchs Getümmel in Richtung Tresen. Bei der Gelegenheit konnte ich mich gleich in Ruhe umsehen. Als ich an der Reihe war, sah ich *ihn* hinter der Bar stehen. Eine Flasche in der einen, den Cocktailmixer in der anderen Hand, ein Geschirrtuch unter den Arm geklemmt und trotzdem bereit, meine Bestellung entgegenzunehmen. Ein Bild von einem Mann! Groß, dunkle, gepflegte Haare, ein leicht gebräunter Teint und Augen so blau wie ein klarer Bergsee. Er wischte sich die Hände am Tuch ab, sah mich fragend an und Hillary drückte in unserem Kopfkino auf den Play-Button. Der Film, der gezeigt wurde, gehörte definitiv in die FSK 18 Abteilung, oder besser noch unter die Ladentheke. Der Barkeeper und ich spielten in diesem Film die Hauptrollen. Selbstverständlich splitterfasernackt. Und Hillary untersuchte ausgiebig jeden einzelnen Muskel seines Körpers. Ich schluckte und versuchte halbwegs kohärente Worte zu formen. Weshalb war ich noch gleich hier? Ach ja, ich wollte eine Bestellung aufgeben.

»Grmmmp feh«, stammelte ich hilflos, um überhaupt etwas zu sagen. Mein Gegenüber lächelte.

»*Grüne Fee* – eine ungewöhnliche Wahl bei dieser Getränkevielfalt. Aber bitte, die Kundin ist Königin!«

Während er also einen Cocktail für mich mixte, hatte ich Gelegenheit, ihm noch ein wenig mehr hinterherzusabbern. In Hillarys frivoler Gedankenwelt legte er natürlich seine Hände nicht um Flaschenhälse, Zuckertütchen und Hawaii-Schirmchen, sondern um sie. Wer mit solch routinierten Handgriffen Cocktails mixte, konnte gewiss auch eine Menge andere Dinge. Dinge aus der Rubrik *atemlos*. Doch er schien weder diese Gedanken zu teilen, noch sie zu bemerken, denn während er seiner Arbeit nachging, geriet seine höflich unbeteiligte Miene nicht eine einzige Millisekunde ins Wanken. Wenige Minuten später schob er das Glas auf den

Tresen.

»So. Bitteschön, ein mal *Grüne Fee*. Macht sieben Euro.«

Was hätte ich da noch sagen sollen? Schließlich warteten hinter mir die nächsten Gäste, um ihre Bestellung abzugeben. Ich nahm also mein Glas, legte das Geld auf den Tresen und machte mich auf den Weg zurück zu unserem Tisch. Sabine zog die Nase kraus, als sie den Inhalt meines Glases inspizierte.

»Was trinkst du denn da?«, nörgelte sie angewidert.

»Frag nicht. *Grüne Fee*.«

»*Grüne Fee*«, las Sabine aus der Karte vor, »Mineralwasser, Angostura, Zitrone, Eiweiß und Absinth. Absinth? Bist du denn von allen guten Geistern verlassen? Schmeckt dir das Zeug?«

Na toll. Was sollte ich darauf denn erwidern? Nein, eigentlich nicht, aber ich war zu abgelenkt, um auf meine Bestellung zu achten? Matthias brach in Gelächter aus.

»Lass mich raten, du hast den Adonis hinter der Theke entdeckt?« Er seufzte und warf einen schmachtenden Blick in Richtung Bar. Ich fand es manchmal durchaus lästig, mit seinem besten Freund um die Gunst der Männer konkurrieren zu müssen. Aber ich hatte Matthias von Herzen gern und gönnte ihm jeden Erfolg, den er auf seinem Eroberungskonto verbuchen konnte. Wenn Matthias zum Zug kam, hatte ich als Frau ja ohnehin keine Chance. So einfach war das. Nach den ersten paar Schlucken taufte ich im Geiste meinen Cocktail um. Ab sofort hieß das Gebräu *Tote Katze*. Denn ein Schluck genügte völlig, um das Gefühl, eine tote Katze auf der Zunge zu haben, niemals wieder loszuwerden. Aber als die Zunge dann endlich betäubt und die Hemmschwelle deutlich gesunken war – Himmel, wie viel Prozent hatte denn so ein Absinth? – kam ich doch tatsächlich auf den Geschmack. So schlecht schmeckt *Tote Katze* eigentlich gar nicht! Ich lehnte mich in meinem Sitz zurück und ließ die Fußspitzen zum Takt der Musik wippen. Hach, es war doch ganz nett hier. Wieso hatte ich mich vorhin bei der Parkplatzsuche denn nur so aufgeregt? Wenn man zu spät kam, dann kam man eben zu spät. Davon würde die Welt vermutlich auch nicht untergehen. Ich beobachtete relaxt die sich zur Musik bewegende Menge auf der Tanzfläche und dankte dem Gott des Alkohols für seine Entspannungshelferlein. Einen Nachteil hatte es allerdings, wenn ich Alkohol trank: Hillary bekam nach und nach die Oberhand. Eine prickelnde Weiblichkeit stieg in mir auf, die definitiv Hillarys Handschrift trug. Die Kellnerin, die gerade neue Drinks für Sabine und Matthias auf den Tisch stellte, wies freundlich lächelnd auf mein leeres Glas.

»Darf ich Ihnen noch einen Cocktail bringen?«

Auf keinen Fall! dachte Hillary und ließ ihren Blick zum Tresen und dem heißen Barkeeper abschweifen.

»Nein, danke. Sehr freundlich, aber ich möchte eine kleine Pause machen«, lehnte ich ab und versuchte möglichst unauffällig an ihr vorbei zu blicken. Kaum hatte die Kellnerin unseren Tisch verlassen, sprang Hillary auf und flötete Sabine und Matthias ein »Ich schau mal, wer oder was mich an der Cocktailbar so anlacht« entgegen. Und schon waren wir auf dem Weg. Meinen Gang zur Theke konnte man getrost als provokant einstufen. Es grenzte an ein Wunder, dass ich die Theke erreichte, ohne die Gäste rechts und links meines Weges mit meinem barocken Hüftschwung umgeschubst zu haben. Ja, Hillary war auf dem Vormarsch! An der Theke angekommen, lehnte sich Hillary – *ich* konnte das unmöglich gewesen sein – derart stürmisch zu *Mr. Adonis* hinüber, dass wesentlich mehr als nur die Spitze ihres – meines? – BHs zu sehen war.

»Nochmal das Gleiche, bitte«, hauchte Hillary und klimperte mit den Wimpern. Mein Gegenüber runzelte die Stirn und sah mich fragend an. Auf seinem Namensschild konnte ich den Namen *Pit* erkennen. Pit versuchte sich offenbar krampfhaft zu erinnern, was ich denn vorhin bestellt hatte.

»*Tote* ... Ähm, ich meine: *Grüne Fee*«, kam ich ihm zur Hilfe. Er nickte kurz, lächelte und machte sich an die Arbeit. Hallo? Hatte er denn meinen Ausschnitt nicht gesehen? Hillary holte tief Luft und schob somit unser Dekolletee appetitlich in sein Blickfeld. Sie hob ganz lässig die Hand, um sich wie zufällig durch die Haare zu streichen, und lehnte sich noch ein Stück weiter nach vorn. Die Theke war nur ein kleines Hindernis. Wir näherten uns unaufhörlich dem Objekt unserer Begierde.

»Das solltest du nicht tun«, grinste Pit etwas verlegen.

»Warum? Verwirre ich dich mit diesen Einblicken?«, seufzte ich – also eigentlich mehr Hillary – diesen Sohn eines griechischen Gottes an.

»Ähm, nein, das jetzt weniger. Aber deine Brust badet in der Pfütze vom letzten Cocktail, die ich noch nicht weggewischt habe.«

Lieber Gott! Bitte lass ein großes Loch direkt unter meinen

Füßen aufgehen und mich verschlucken. Pit setzte noch Einen drauf: »Sag mal, wie heißt denn der süße Typ bei euch da am Tisch? Ist das der Freund von der Blondine? Echt ein lecker' Schnittchen ...!«

Das war's ja jetzt! Ging es eigentlich noch peinlicher? Ähm, nein. Ganz bestimmt nicht. Jedenfalls fiel mir an dieser Stelle nichts ein. Ich musste hier dringend weg. Weg von dieser Bar und weg von diesem Typen, der ganz offensichtlich unsere weiblichen Qualitäten überhaupt nicht zu schätzen wusste. Mit der Eleganz einer Dampfwalze bahnte ich mir den Weg durch die Menge zu unserem Tisch. Mir war völlig egal, ob mir Leute oder Möbel im Weg standen, meine Ellenbogen hatten Vorfahrt. Ich war auch nicht gerade höflich, als ich mich zu Sabine und Matthias setzte und mein Gesichtsausdruck sprach wohl Bände. Mein knapper Kommentar *Matthias, dein Typ wird verlangt!* und ein Wink mit dem Kopf in die Richtung des Barkeepers ließ ein wissendes Lächeln auf Matthias' Gesichtszüge gleiten, und er verabschiedete sich mit den Worten: »Meine Damen, bis zum nächsten Mal!«

»Schlampe!«, murmelte ich Matthias nach und widmete mich dann voll und ganz meinem Cocktail. Sabine führte den restlichen Abend quasi eine Solo-Unterhaltung. Gefrustet und mit im Brustbereich klatschnasser Bluse saß ich in diesem tollen, neuen Club und hatte meinem besten Freund ein Date verschafft. Hervorragend. Für Matthias. Kurz nach Mitternacht hatte ich genug und bestellte mir ein Taxi.

»Schubertstraße 20, bitte«, murmelte ich beim Einsteigen. Angefressen lehnte ich mich im Sitz zurück. Kaum hatte sich das Taxi in Bewegung gesetzt, nickte ich ein.

»17 Euro 20, bitte!«, wurde ich von einer angenehm dunklen Stimme geweckt. Ich kramte in meiner Handtasche und drückte dem Fahrer einen Zwanzigeuroschein in die Hand.

»Stimmt so. Schönen Abend noch!«

* * *

Hillary war manchmal größenwahnsinnig.

Sie hatte sich in den Kopf gesetzt, meinen – also unseren – Chef durch gekonnten Körpereinsatz zu einer Gehaltserhöhung zu bewegen. Nein, ich war von dieser Idee natürlich überhaupt nicht begeistert. Aber wer schon einmal probiert hatte, ein bockiges, quengeliges Kind davon zu überzeugen, dass ein Friseurbesuch das Tollste der Welt war, und dass Haareschneiden überhaupt nicht weh tat, der konnte ansatzweise nachvollziehen, welchen inneren Kampf ich mit Hillary führte, wenn es um die Gehaltserhöhung ging. Dass sich Hillary weinend und schreiend auf den Boden warf und mit den Füßen strampelte, konnte ich gerade noch verhindern. Schließlich wohnte ich ja auch noch in diesem Körper!

Herr Winzigmann machte seinem Namen wirklich alle Ehre. Etwa einen Kopf kleiner als ich, hatte er meine Oberweite genau auf Augenhöhe. Hillary hätte das schon öfter schamlos ausgenutzt, aber ich konnte uns in den meisten Fällen vor eventuellen Peinlichkeiten bewahren. Grundsätzlich hatte ich mit Herrn Winzigmann keine Probleme. Aber wenn er Freitagsnachmittags um kurz vor fünf durch den Gang brüllte, dass wichtige Unterlagen dringend, und vor allem heute noch, vorbereitet werden mussten, weil ein extrem wichtiger Kunde am Montagmorgen bereits um acht Uhr auf der Matte stehen würde, hätte ihm selbst mein Tina-Ich den Hals umdrehen können. Blöderweise kannte ich mal wieder als Einzige im Büro die Akte ausreichend genug, um die Unterlagen vorzubereiten. Zudem war ich die Einzige, die für Freitagabend noch *kein* Date hatte. War ja klar, wer hier bis weit nach Feierabend sitzen würde. In der Hoffnung, dass der Chef wenigstens meinen unermüdlichen Einsatz zur Kenntnis nahm, blieb ich seufzend an meinem Schreibtisch sitzen.

»Ich brauche dir jetzt nicht extra sagen, wie doof ich das finde, dass wir an einem Freitagabend hier im Büro sitzen«, meckerte mein Hillary-Ich zu Recht vorwurfsvoll. »Dafür werde ich am Montag die Bluse mit dem Einblick bis zum Bauchnabel anziehen und Herrn Winzigmann nochmals mit der Nase auf die Gehaltserhöhung schubsen«, stichelte sie weiter. Ja. Ich würde ihn am Montag nochmal darauf ansprechen. Aber im korrekten Business Outfit! Außerdem hatten wir ja heute Abend ohnehin nichts Besonderes vor.

»Heute Abend nichts Besonderes vor? Heute? Schätzchen, wir haben quasi seit Jahren nichts Besonderes vor. Und das liegt nicht an mir!« entgegnete Hillary genervt. Ihr Tonfall gefiel mir ganz und gar nicht. Sie stellte mich ja quasi so hin, als ob ... wobei ... sie könnte recht haben, grübelte ich. Die nächsten dreieinhalb Stunden verbrachte ich fluchend mit der Vorbereitung der Unterlagen. Meine Kollegin und Fahrgemeinschaftspartnerin Karin war natürlich längst in ihren Feierabend entschwunden. Mir blieb nach getaner Arbeit also nichts anderes übrig, als mir ein Taxi zu bestellen.

»Wenn ich nicht bald etwas zu Essen bekomme, werde ich groß und grün und reiße mir die Kleider vom Leib«, grummelte ich vor mich hin, als ich mich erschöpft auf den Rücksitz des Taxis hievte. Ein paar dunkelbraune Augen schauten mich schockiert durch den Rückspiegel an und ich hörte den Fahrer regelrecht schlucken.

»Nein, keine Angst, das war nur so ein Spruch. Ich werde natürlich *nicht* zu Hulk«, lachte ich verlegen. »Schubertstraße 20, bitte«. Der Fahrer fuhr los und ich verfiel in dumpfes Schweigen.

»Wie wäre es denn, wenn wir das Monster in Ihnen gemeinsam füttern?«, riss mich eine angenehm tiefe und irgendwie bekannte Stimme aus meinen Gedanken. »Ich musste auch meine Pause sausen lassen. Wie wäre es, wenn wir uns bei Luigi eine Pizza schmecken lassen? Oder wartet jemand zu Hause auf Sie?« Sofort setzte sich Hillary kerzengerade im Rücksitz des Taxis auf und reckte die Brust raus. Vergessen waren alle Überstunden, und Hunger hatte sie plötzlich auch keinen mehr. Wenn es so etwas wie einen pawlowschen Reflex auch beim Menschen gab, dann würde mir gleich Sabber aus dem Mundwinkel laufen. Hillary war wirklich schlimm.

»Nein, danke. Ich bin ziemlich müde.«

Hallo? Hatte ich das gerade gesagt? Hillary trat mir virtuell gegen unser Schienbein. Verdammt! Ein Mann, sexy Stimme, schien nett zu sein, wollte mit uns essen gehen und ich lehnte ab?!? Bodenlos! Einfach unfassbar! Hillary stöhnte entnervt auf und fasste sich theatralisch an die Stirn. »Tina, was tust du mir an?«, jammerte sie.

»Schade, da kann man nix machen. Dann fahre ich Sie gleich nach Hause und geh danach alleine etwas essen«.

Jetzt hätten wir noch die Chance gehabt, das Ruder herumzureißen. Aber Tina war dann doch zu schüchtern und Hillary saß schmollend und mit verschränkten Armen in der Ecke. Ich zahlte und verließ fluchtartig das Taxi, bevor Hillary sich vielleicht doch noch durchsetzen konnte. In meiner Wohnung angekommen, öffnete Tina stöhnend den leeren Kühlschrank. Hillary warf ihn wütend und mit lautem Knall wieder zu. Nach einem Vollbad, das entspannend hätte sein sollen, ging ich mit knurrendem Magen zu Bett. Ich träumte von Pizza, griechischen Göttern und einer samtig tiefen Stimme.

* * *

Ein paar Tage später – Hillary und ich hatten uns natürlich wieder versöhnt – passierte dann ein kleines Missgeschick. Mit den besten Vorsätzen, meinen Körper durch etwas sportliche Betätigung in Form zu bringen, zog ich meine Trainingsklamotten an. Beim Blick in den Spiegel hörte ich Hillarys gequältes Aufstöhnen.

»Tina, echt jetzt? So willst du das Haus verlassen?« Ja, natürlich. Zu einer Runde Nordic Walking durch den Wald brauchte ich doch nicht aussehen wie aus dem Modekatalog entsprungen.

»Und wenn uns jemand begegnet?«, entgegnete Hillary genervt. »Ach, nein. Madame Tina sucht sich ja absichtlich die Orte aus, an denen uns garantiert niemals, nie und unter keinen Umständen jemand begegnet. Schon gar kein attraktiver Mann. Wir könnten ja sonst noch jemanden kennen lernen und uns mit ihm vielleicht sogar prächtig amüsieren!« Hillarys Gedanken strotzten nur so vor Sarkasmus. »Sollte ich jetzt vielleicht sogar dankbar sein, dass wir nicht in ein Fitnessstudio gehen, ja? Man stelle sich das nur mal vor: in diesem Outfit!« Hillary kam gerade so richtig in Fahrt. Jetzt reichte es mir aber! Sie wollte doch nur an der Bar im Studio sitzen und einen Prosecco nach dem anderen trinken. Ich wüsste jedenfalls nicht, wann wir das letzte Mal da waren, um an den Geräten zu trainieren. Du, liebe Hillary, bist doch eh nur dort, um die Aussicht zu genießen.

»Und wenn schon?«, zickte Hillary. »Nach dem zweiten Prosecco macht es dir doch auch immer Spaß.« Heute nicht! Ich konnte mich heute sogar gegen Hillary behaupten. Ich, Tina, hatte entschieden, dass wir heute ohne Männer auskamen, und dass wir keine Zuschauer brauchten, wenn wir versuchten, ein paar Pfunde loszuwerden. Der Wald war einsam, und die Tiere störte es nicht, was ich anhatte. Duschen, Haare waschen ...? Natürlich erst nach dem Sport! In einem Anfall von Zynismus konnte ich tatsächlich leichte Übereinstimmungen zwischen mir und *Frau Flodder* erkennen. Es fehlten nur die gelben Gummistiefel und die Zigarre im Mundwinkel. Ich schnappte mir also meine Stöcke, fuhr mit dem Auto an den Waldrand und stapfte los.

Keine zweihundert Meter vom Parkplatz entfernt, fand ich mich plötzlich auf dem Boden wieder. Plumps. Keine Ahnung, wie das passiert war. Tatsache war aber, dass ich ungebremst zu Boden gefallen war. Durch die Stöcke in meinen Händen hatte ich den Sturz nicht einmal abfangen können, und nun klemmte mein rechter Fuß unnatürlich verdreht unter einer dicken Wurzel. Autsch. Mir tat alles weh. Wirklich alles. Die Arme verschrammt, die Knie blutig, und höllische Schmerzen im rechten Knöchel. Na toll. Irgendwie schaffte ich es, mich aufzurappeln und mich mehr kriechend als laufend zurück zum Auto zu schleppen.

»Na, das hast du ja jetzt ganz toll hinbekommen. Du und dein toller Sport in der freien Natur. In unserem Fitnessstudio wäre so etwas niemals passiert. Da hätte ich mich höchstens direkt vor den Augen eines athletischen Sunnyboys auf den Boden gleiten lassen, nur um mich dann gleich darauf von ihm retten zu lassen.« Jaja, in deinem Fitnessstudio wärst du, liebe Hillary, dem Typen wohl eher nach der dritten Flasche Prosecco betrunken vor die Füße gestolpert. Wenn ich Schmerzen hatte, dann neigte ich vielleicht ein wenig zur Übertreibung. Ja, vielleicht war ich dann auch ein bisschen unfair zu mir.

»Bitte? Ein bisschen unfair?« Hillary war leicht verschnupft wegen meiner Unterstellungen bezüglich ihres Alkoholkonsums. »Wie, bitteschön, willst du uns aus dieser blöden Lage rausholen, oh du immer Recht habende Tina?«

»Ich muss jetzt erst mal den Schuh loswerden und mir den Fuß genauer ansehen«, grummelte ich vor mich hin. Im Nachhinein musste ich zugeben, dass es eine dumme Idee gewesen war, den Schuh auszuziehen, weil sofort das Blut hineinschoss und man dem Fuß regelrecht beim Anschwellen zuschauen konnte. Mit dem eigenen Auto heimzufahren, daran war nicht zu denken. Und jetzt? Denk nach, Tina! Was machte man in so einem Moment? Handy! Na klar, ich hatte doch mein Handy dabei! Hoffnungsvoll wählte ich Sabines Nummer. Mailbox. Mist! Hätte ich mir denken können. Während ihrer Schicht hatte sie das Handy immer aus. Und nun? Matthias. Klar! Der konnte mich als starker Mann zur Not auch hochheben und abstützen.

»Was, wo bist du, Matthias? Was machst du bitteschön in Hamburg, wenn ich dich hier und jetzt und sofort brauche? Kurzurlaub mit Pit – na, vielen Dank auch!« Meine Stimme triefte vor Sarkasmus. Das konnte sogar Matthias im fernen Hamburg nicht überhören. »Viel Spaß noch, du toller Freund, der du mir ein mögliches Date ausgespannt hast und mich hier hilflos sitzen lässt. Bis bald! Ja, ich hab dich trotzdem lieb … nein, nix ist los, wir reden ein andermal.« Das *Bussi*, das von mir zum Abschluss des Gesprächs ins Telefon gemurmelt wurde, war dem Tonfall nach eher ein *Stirb langsam, elender Verräter!*

Weiter im Programm. Plan A und B waren also gescheitert. Gut, dass das Alphabet noch ein paar mehr Buchstaben hatte. Ich ging meine Telefonliste durch, verwarf jeden Namen aus dem einen oder anderen Grund und blieb schließlich beim Eintrag *Taxi* hängen. Na klar! Der Taxifahrer sollte einfach noch jemanden mitbringen, der dann mein Auto nach Hause fahren konnte. Ich war wirklich genial! Manchmal hatte ich direkt Angst vor mir und meinem klugen Verstand! Triumphierend wählte ich die Nummer der Taxizentrale und machte mich auf eine längere Erklärung gefasst. Aber die nette Dame in der Zentrale war auf Zack. Nachdem ich kurz die Sachlage und meinen Standort beschrieben hatte, versprach sie mir, schnellstens Hilfe zu schicken. Es dauerte eine gefühlte Ewigkeit, bis ich endlich das vertraute Brummen des Mercedes-Diesels hörte. Ein leiser Wortwechsel zwischen dem Fahrer des Taxis und seinem Kollegen, ein etwas lauteres *Tschüss, bis morgen,* und dann schlug die Autotür zu. Das Taxi entfernte sich langsam und ein Mann kam den Weg zu mir und meinem Auto herübergelaufen.

»Hallo Tina, mein Name ist Jan! Entschuldigung, ich hatte noch einen Fahrgast, als dein Hilferuf kam. Den musste ich natürlich erst absetzen.« Diese Stimme … ich grübelte einen Moment.

»Kennen wir uns?«

Jan lachte und entgegnete gut gelaunt: »Kennen ist wohl zu viel gesagt. Ich habe dich schon zweimal nach Hause gebracht, ohne dass du mir eine Chance gegeben hast dir zu sagen, dass ich dich toll finde.«

Mir fiel die Kinnlade runter und mir wurde schlagartig bewusst, in welchem Aufzug ich vor ihm stand. Selbst Hillary konnte nichts daran ändern, dass meine Haare strähnig auf meine Schultern fielen, und eine Leggings in neonpink nicht besonders gut zu einem blaugrüngemusterten XXL-Shirt und einer gelben Mütze passte. Fast schmerzhaft verzog ich das Gesicht und wünschte mir wieder einmal, dass sich der Boden auftun und mich verschlingen würde. Ging es noch peinlicher, als vor einem attraktiven Mann mit einer Samtstimme zu stehen und auszusehen, als hätte man sein Outfit bei der letzten Tombola unterm Tisch gefunden und die Dusche wäre schon seit zwei Wochen kaputt? Verlegen verlagerte ich mein Gewicht vom linken auf das rechte Bein, um gleich darauf mit einem Aufschrei vor Jan zusammenzu-brechen.

»Verdammt!« war alles, was ich noch herausbekam. Vor Schmerzen rieb ich mir den Knöchel. Sofort eilte Jan an meine Seite, um mir beim Aufstehen zu helfen. Sachte streichelte er über meinen angeschwollenen Knöchel.

»Sagtest du nicht bei deinem Anruf in der Taxizentrale, dass du nur jemanden brauchst, der dein Auto nach Hause fährt? Ich denke, du brauchst erstmal jemanden, der dich ins Krankenhaus fährt!«

Sprachlos sah ich Jan an und merkte plötzlich, wie Hillary begann, sich in der Opferrolle richtig wohl zu fühlen. Oh nein, bloß das nicht! Ich hockte im denkbar unvorteilhaftesten Outfit, mit strähnigem Haar und ungeduscht vor einem netten Typen und Hillary glaubte tatsächlich, dass sie die Situation für sich ausnutzen konnte.

»Oh, Hillary, jetzt bitte nicht!«, murmelte ich mit zusammengebissenen Zähnen. Fragend schaute Jan mich an. Ich zuckte nur entschuldigend mit den Schultern. »Einfach ignorieren, ich rede manchmal mit mir selbst.«

»Aha, und du heißt also gar nicht Tina, sondern Hillary?« Jans Augenbrauen verschwanden fast unter seinem kurzen Pony, so hoch zog er sie. Erstaunen und Verwunderung waren ihm ins Gesicht geschrieben.

»Das würde zu lange dauern, um es dir zu erklären«, seufzte ich.

»Na, wir haben ja auch Zeit«, lächelte Jan und nahm mich einfach auf den Arm, als würde ich überhaupt nichts wiegen, und trug mich die paar Schritte zum Auto.

»Ich bringe dich jetzt in die Notaufnahme. Während der Fahrt, oder auch, wenn du aufs Röntgen wartest, kannst du mir gerne alles erzählen«.

Vorsichtig setzte er mich auf dem Beifahrersitz ab und schloss behutsam die Tür. Vor lauter Verlegenheit wusste ich nicht, wo ich hinschauen sollte. Jetzt wusste er – zumindest sein Rücken musste eine ziemlich deutliche Vorstellung davon haben – wie viel ich wog! Meine Komplexe nahmen Ausmaße an, die mir jedes erklärende Wort im Hals steckenbleiben ließen. Mit Hillary konnte ich derzeit nicht rechnen, sie hatte seit dem Moment, als wir in Jans Armen lagen, aufgehört zu denken, und spielte immer wieder die Schlussszene von *Ein Offizier und Gentleman* in meinem Kopf ab, in der Richard Gere in seiner Ausgehuniform Debra Winger auf seinen Armen aus der Fabrik trug.

Jan hatte mich vor der Notaufnahme einem hilfsbereiten Pfleger übergeben, der mich in einen Rollstuhl verfrachtete und ins Gebäude schob. Vor der Anmeldung wartete ich nun darauf, dass ich an die Reihe kam und dass Jan, der noch einen Parkplatz für mein Auto suchen wollte, wieder auftauchte. Zweifel kamen auf. Was wusste ich denn schon von ihm? Er fuhr Taxi und hatte eine samtige Stimme. Er wollte schon mal mit mir Pizza essen gehen und ich war zu schüchtern, um das Angebot anzunehmen. Er kannte meinen Namen und meine Adresse. Aber ich wusste eigentlich überhaupt nichts von ihm! Wenn er nun mein Auto klaute? Hillary brach in schallendes Gelächter aus. Ich ließ mich anstecken. Einen alten B-Corsa, wer wollte den denn freiwillig klauen? Ja, Hillary hatte schon Recht. So saß ich also da, grinste debil in mich hinein und füllte den Fragebogen aus.

»Oh, sie haben dir schon was für die Schmerzen gegeben, hm? Wirkt schon, du grinst ja!« Ich hielt es für besser, zu diesem Thema nichts zu sagen, weil ich mich nicht schon wieder als komplette Idiotin outen wollte.

»Ist ja ein irrer Zufall, dass ausgerechnet du angefunkt worden bist, um mir zu Hilfe zu eilen«, konterte ich stattdessen.

Eine leichte Röte stieg Jan ins Gesicht und er suchte offenbar einen Augenblick lang nach den richtigen Worten. Es schien, als würde er einen innerlichen Kampf mit sich selbst ausfechten, und sich am Ende dann doch einen Ruck geben.

»Weißt du, es hat auch Vorteile, wenn man einen guten Draht zur Telefonistin der Zentrale hat«, gestand er augenzwinkernd. »Nachdem ich dich das zweite Mal nach Hause gebracht hatte und du in der Tür verschwunden warst, habe ich auf deinem Klingelschild deinen Namen nachgeschaut. Daraufhin habe ich Marianne das Versprechen abgenommen, unbedingt mir die Fahrt zu überlassen, sollte sie einen Anruf von Christina Kraus entgegennehmen. Koste es, was es wolle. Und deshalb bin ich da. Vielleicht war es ein Wink des Schicksals, dass du vorhin im Wald Hilfe gebraucht hast.«

Mein Herz würde bald einen Zug bekommen, wenn ich so oft mit offenem Mund dasaß. Jan wollte mich also wiedersehen. Trotz Vollsuff bei der ersten Begegnung und Abfuhr bei der zweiten? Wow. Hillary spielte gerade in unserem Kopf die Szene aus *Dirty Dancing* ab, in der Patrick Swayze mit dem Satz *Mein Baby gehört zu mir* Jennifer Grey zum Tanz führte.

»Lass das, Hillary!«, stöhnte ich entnervt auf, um mir gleich darauf mit der Hand vor den Mund zu schlagen. Mit großen Augen schaute ich Jan an. Der starrte seinerseits sprachlos zurück.

»Kann es sein, dass du eben schon wieder eine Hillary erwähnt hast?«, brach Jan das peinliche Schweigen. Jetzt war es wohl so weit. Ich musste Farbe bekennen.

»Ja, also …«

»Frau Kraus, kommen Sie bitte mit zum Röntgen? Warten Sie, ich helfe Ihnen!« Eine zierliche Krankenschwester übernahm beherzt das Steuer meines Rollstuhls. »Junger Mann, Sie können so lange hier warten, es wird nicht lange dauern.« Puh. Durch den Gongschlag erstmal gerettet. Jetzt hatte ich etwas Zeit, um mir zu überlegen, wie ich Jan Hillary erklären sollte.

»Hey, steh gefälligst zu mir!«, empörte sich Hillary. »Ich bin ein Teil von dir, und er kann uns nur beide oder keine von uns haben!« Da hatte sie wohl Recht. Ganz oder gar nicht.

Nach dem Röntgen wurde ich samt Eispack, Schmerzmitteln und der strengen Anweisung, den Fuß hoch zu lagern, zu kühlen und ein paar Tage nicht zu belasten, zurück in den Warteraum geschoben. Glücklicherweise war nichts gebrochen. Ich beobachtete, wie Jan von draußen zurück in den Warteraum kam und sein Handy ans Ohr hielt. Ach, er telefonierte. Da hatte ich ja noch eine Galgenfrist bis zum Outing.

»Bill, verdammt! Ich mach mich doch nicht zum Affen! Das ist mir echt egal, was du denkst … aber sie denkt doch sonst, ich habe einen an der Klatsche. Nein! Es ist gut jetzt. Schluss damit!« Jan klappte sein Handy zu und verstaute es in seiner Hemdtasche. Mit einem kurzen Blick auf den Eispack vergewisserte sich Jan, dass mit mir offensichtlich nichts Schlimmes passiert war. Sonst säße ich hier wohl nicht einfach so wieder im Wartezimmer. Dann runzelte er kurz die Stirn und sah mich fragend an.

»Wo waren wir vorhin stehengeblieben? Du wolltest mir doch irgendetwas sagen.«

Nun gut. Augen zu und durch. »Jan, ich muss dir was sagen. Aber denk bitte nicht, dass ich einen an der Klatsche habe«, griff ich die von ihm gewählte Formulierung aus seinem gerade geführten Telefonat auf. In dem kurzen Moment Stille, der zwischen uns herrschte, erhoffte ich mir, dass er einfach lachend abwinken und die Sache auf sich beruhen lassen würde. Aber den Gefallen tat er mir natürlich nicht. Warum auch? Er wollte schließlich wissen, was mit mir los war.

»Hillary gibt es nicht wirklich. Sie ist quasi ein Teil von mir. Sie drängt sich in meine Gedanken und lenkt mich manchmal ab. Sie macht Sachen, die Tina eigentlich peinlich findet. Aber sie ist doch ich und ich habe sie natürlich auch lieb.«

Jan schaute mich verdutzt an, brach dann in schallendes Gelächter aus und deutete auf seine Jackentasche, in der er kurz vorher sein Handy verstaut hatte. Gespannt beugte Hillary sich vor. Mit so einer Reaktion hatte weder sie noch ich gerechnet. Wer war denn hier jetzt der Durchgedrehte?

»Damit die Leute in Zukunft nicht denken, du hättest einen Dachschaden, wenn du mal wieder mit Hillary sprichst, halte einfach dein Handy ans Ohr. Dann glauben die Leute, du sprichst mit dem Anrufer und alles ist gut. Ich mache das mit Bill genauso!« Erschrocken hielt er inne und schaute mich an. Hillary bohrte mir ihren Ellenbogen in die Rippen.

»Hast du das gehört? Denkst du auch, was ich denke? Ist das denn möglich? Entweder ist *Bill* meine Wunschvorstellung, oder er hat das eben wirklich gesagt.« Es dauerte einige Sekunden, bis Hillary und ich die Sachlage erfasst hatten.

»Looooos! Frag ihn noch mal genauer. Ist es so, ist es so? Los, Tina! Ran an den Speck!« Hillary hüpfte vor Aufregung.

»Moment, Jan ... wer ist Bill? Heißt das, du hast auch einen – hm, sagen wir mal – Mitbewohner?«

Hillary und Bill? Na, wenn das nicht passend war. Ein breites Grinsen erschien auf Jans Gesicht.

»Hillary und Bill! Tina, wenn das mal kein Wink des Schicksals ist! Wir sollten die beiden unbedingt miteinander bekannt machen! Ich fahre euch erstmal nach Hause, damit du dir ein paar andere Sachen anziehen kannst – und Hillary könnte vielleicht vorher duschen?«

GRÜNE FEE (TOTE KATZE)

3 cl Absinth

3 cl Wasser

2 Barlöffel Eiweiß

1 Spritzer Angostura

1 Zitrone

Eiswürfel

Die Zitrone auspressen und gemeinsam mit den anderen Zutaten und den Eiswürfeln im Shaker gut schütteln. Danach in ein Cocktailglas abseihen.

Prost!

PASST DOCH!

In Gedanken schickte ich Stoßgebete zum Himmel.

»Bitte, lieber Gott, lass diesen Tag schnellstens an mir vorüberziehen! Ich verspreche auch, dass ich morgen freiwillig meine Rumpelkammer aufräume, wenn wir bis zum Mittagessen mit unserem Vorhaben fertig sind. Nicht, dass wir uns da falsch verstehen, lieber Gott. Mit fertig meine ich nicht nur, dass Andreas in seinen neuen Klamotten richtig gut aussieht, sondern auch, dass meine Nerven nicht ganz blank liegen.«

Wer schon einmal versucht hatte, einen absoluten Einkaufsmuffel dazu zu bewegen, richtig viel Geld auszugeben, der wusste, wovon ich redete. Sei es die Hochzeit des besten Kumpels, die Kommunion des Patenkindes oder gar der eigene Hochzeitstag. Sobald das Thema Outfit auf den Tisch kam, sank die Temperatur unter den Nullpunkt und die Auseinandersetzungen, die dann lautstark geführt wurden, waren keinesfalls für Kinderohren bestimmt. Warum führte ich eigentlich diese Diskussionen? Ach ja. Grüne Flecken auf der Hose vom Fußballspiel mit den Kindern,

Schweißränder unter den Armen, Löcher am T-Shirt-Saum. Ich wollte, verflixt noch mal, meinen Mann nicht schon wieder beim Fototermin in die letzte Reihe schmuggeln müssen. Mit einem äußerst unguten Bauchgefühl dachte ich an den heutigen Einkaufstag. Wie würde der Tag verlaufen? Würde Andreas genervt neben mir herschlurfen? Musste ich ihn auf halbem Wege mit Pizzabällchen bestechen? Hing am Ende des Tages der Haussegen komplett schief? Verdrückte sich Andreas womöglich schmollend zu irgendeinem Kumpel? Aber es ging schlicht kein Weg daran vorbei: Andreas' neue berufliche Herausforderung machte eine etwas gehobenere Garderobe einfach erforderlich. Blue Jeans, kombiniert mit wahlweise schwarzen oder weißen T-Shirts, waren eben nicht mehr drin in dieser Position. Somit ging es heute nicht nur um *einen* Anzug. Nein. Es ging um mindestens drei Anzüge, passende Hemden und Krawatten und natürlich auch Schuhe. Da half nur: Augen zu und durch!

»Ellen, wo sind denn meine Turnschuhe? Du weißt schon, die bequemen.«

»Die sind noch auf der Wäscheleine zum Trocknen. Ich hab sie mal wieder in die Waschmaschine gesteckt, weil sie vor lauter Bequemlichkeit den ganzen Flur vollgestunken haben«, versuchte ich Andreas die Tatsache zu erklären, dass er dieses Mal ohne seine geliebten Turnschuhe zum Einkaufen fahren musste. »Übrigens kannst du keine Turnschuhe tragen, wenn wir für dich einen Anzug kaufen wollen.«

Verständnislos sah Andreas mich an.

»Und warum nicht?«

Ganz ruhig bleiben und in Gedanken bis zehn zählen, tief

durchatmen und lächeln. Du hast schon zwölf Jahre mit ihm verbracht, so schnell findest du keinen neuen Mann ... eins, zwei, drei ...

»Muss ich mir etwa auch noch neue Schuhe kaufen? Tun es nicht die schwarzen Turnschuhe?«

... vier, fünf, sechs ...

»Ellen, du sagst ja gar nichts. Hast du mich nicht verstanden?«

... sieben, acht, neun ...

»Ellen, alles okay?«

... zehn.

Auf Mord wegen seelischer Grausamkeit standen bestimmt nur zwölf bis fünfzehn Jahre. Hätte ich ihn bei unserem ersten Date gleich umgebracht, wäre ich jetzt schon wieder frei! Ich musste bei dem Gedanken schmunzeln und sammelte mit einem tiefen Atemzug meine Kräfte wieder.

»Schatz, du brauchst auch ein paar neue Schuhe zum neuen Anzug, darüber hatten wir doch schon gesprochen. Schwarze Turnschuhe zum Anzug sind böse. Ebenso wie ein weißes T-Shirt zu einer Krawatte. Wir möchten doch beide nicht, dass du wie der letzte Depp herumläufst, oder Schatz?«

»Ähm, nein, das möchten wir wohl beide nicht!«, erwiderte er grinsend.

Guter Mann. In zwölf Jahren Ehe hatte er zumindest gelernt, diesem Tonfall nicht zu widersprechen. Er kramte ein paar schwarze Schuhe aus seinem Schrank, die wahrscheinlich sein Großvater schon bei seiner Hochzeit getragen hatte, und wir gingen zum Auto.

»Ich hab hundert Euro Bargeld einstecken, das müsste ja reichen.«

Sofort schoss mir die passende Antwort durch den Kopf: Na, ein Hosenbein werden wir dafür schon bekommen. Aber ich hielt mich zurück. Ich sollte ihm nicht jetzt schon alle Illusionen nehmen. Heimlich vergewisserte ich mich, dass ich unsere Kreditkarten in der Geldbörse hatte.

* * *

Ich hatte angenommen, dass der Ansturm auf das Einkaufszentrum erst etwas später losgehen würde, aber auf dem Parkplatz war schon jetzt die Hölle los. Und wenn ich sagte, die Hölle, dann meinte ich auch die Hölle. Genau genommen konzentrierte sich die Hölle auf die zwei Parkreihen unmittelbar vor dem Haupteingang des Einkaufszentrums. Der Parkplatz selbst war an und für sich sehr großzügig und bot höchstwahrscheinlich Platz für weit mehr als die dreifache Menge an Autos, die sich zu diesem Zeitpunkt hier aufhielten. Aber niemand schien bereit zu sein, auch nur drei Meter zu Fuß zurückzulegen. Als gäbe es nur den einen einzigen Parkplatz, und dieser läge genau neben der Eingangstür, steuerte Andreas zielstrebig auf die erste Parkreihe zu. Das konnte nicht gut gehen. Mutierten denn andere Männer beim Autofahren auch zu anderen Wesen? Ich wartete jedenfalls regelmäßig darauf, dass sich Andreas die Kleider vom Leib riss, groß und grün wurde und brüllte: Ich bin immer wütend! Sie wissen schon. Hulk. Der Held aus der Marvel-Comic-Reihe.

»Ja Himmelherrgottsakra! Schiebst du deine Karre jetzt endlich mal weiter? In die Lücke parke ich dir ja mit einem Panzer ein!«, krakeelte Andreas plötzlich los, als eine ältere Dame ganz offensichtlich Schwierigkeiten hatte, mit ihrem Kleinwagen in die doch sehr großzügig bemessene Lücke eines Frauenparkplatzes einzuparken. Seine Worte unterstützte er mit einem langen Hupen.

»Andreas, bitte. Reiß dich mal zusammen, wir haben doch Zeit!«, machte ich in leicht gepresstem Tonfall meinem Unmut über sein aggressives Verhalten Luft. Andreas ignorierte mich vollkommen.

»Mutti, schieb deinen Mini jetzt endlich von der Fahrbahn. Was glaubst du eigentlich, was du hier machst? Übst du hier das Wenden in achtundzwanzig Zügen? Du stehst ja schon fast quer in der Lücke! Wie schafft man es denn, mit einem so winzigen Blechhaufen gleich drei Parkplätze komplett zu blockieren?«

»Andreas! Verdammt! Du hast das Fenster offen. Nicht nur die ältere Dame, nein, wahrscheinlich der halbe Parkplatz kann dich hören!«, explodierte ich, denn mein Geduldsfaden war bis zum Zerreißen gespannt. Er starrte mich wütend an und ich starrte wütend zurück. Plötzlich hupte es hinter uns und eine genervte Frauenstimme schrie: »Na, was ist denn? Schleich dich mal vom Acker, alter Mann! Findest du den ersten Gang nicht? Kannst du mal deine Karre aus dem Weg schieben, damit ich auch 'nen Parkplatz ansteuern kann?« Die junge Frau im Fahrzeug hinter uns meinte ganz offensichtlich Andreas. Alter Mann? Uiuiui. Das hatte ihn sicherlich in seiner Ehre getroffen. Einen saftigen Fluch ausstoßend, setzte er seine Parkplatzsuche fort. Allerdings konnte ich mein Lachen nicht länger unterdrücken.

»Alter Mann!«

Andreas ignorierte auch das. Zwar hatte er sonst einen sehr ausgeprägten Sinn für Humor, doch aufgrund des Parkplatzkrieges ließ der gerade etwas auf sich warten. Nach der dritten Runde, die Andreas zwischen erster und zweiter Reihe gekurvt war, hielt ich es nicht mehr aus und bemerkte mit einem Blick auf die Uhr: »Andreas, komm, lass und das Auto bitte ausnahmsweise weiter hinten parken. Es ist schönes Wetter. Betrachte es einfach als einen kleinen Spaziergang mit mir.«

»Spaziergang. Auf so eine Schnapsidee kannst auch nur du kommen!«

Obwohl Andreas in einer solchen Situation in der Regel nicht einfach so klein beigab, schien er einzusehen, dass er hier vorne keinen freien Parkplatz mehr finden würde, und steuerte den Wagen tatsächlich Richtung vierter Reihe, wo wir – oh Wunder! – sofort einen Parkplatz fanden.

Aufgrund Andreas' Budgetvorstellungen, und weil ich mir sehr sicher war, dass ich ihn niemals dazu bringen würde, einen Anzug anzuprobieren, der über 250 Euro kostete, versuchten wir unser Glück erst einmal bei C&A.

»Haben Sie ein bis zwei Anzüge für mich?«, erkundigte sich Andreas.

Die Dame in der Herrenabteilung warf mir einen wissenden Blick zu. Ich stand hinter Andreas und rollte mit den Augen. Ja, so war er eben. Ich war dankbar, dass er nicht gleich dazu gesagt hatte: »Ich habe einhundert Euro dabei und brauche aber auch noch ein paar Hemden, eine Krawatte und Schuhe.« Das wäre die Krönung meines bisherigen Morgens gewesen. Die Verkäuferin war eindeutig ein Profi. Sie verzog keine Miene, sondern lächelte Andreas unverbindlich an.

»Bitte folgen Sie mir, wir finden bestimmt etwas Passendes für Sie!«

Na, das konnte ja heiter werden.

»Welche Größe haben Sie?«, fragte die Verkäuferin im Gehen über die Schulter in unsere Richtung. Andreas schaute mich zunächst fragend an, weil er tatsächlich keinerlei Ahnung von Anzuggrößen hatte, es aber niemals zugeben würde. An dem Funkeln in seinen Augen erkannte ich, dass er schon wieder den Schalk im Nacken sitzen hatte. Konnte dieser Mann nicht einmal zwei Minuten ernst bleiben?

»Meine Größe«, tönte er durch den Laden, »meine Kumpels würden meine Größe als beeindruckend bezeichnen. Sie können ja gerne mal nachmessen, wenn Sie wollen.« Die linke Augenbraue der Verkäuferin bewegte sich leicht nach oben, sonst war keine Reaktion von Seiten der Dame auszumachen. Sie war wirklich eindeutig ein Profi. Bevor Andreas aber etwas noch viel Peinlicheres von sich geben konnte, sprang ich ein.

»Ich würde es mit Größe 102 probieren. Er hat in den letzten Jahren fast ausschließlich Jeans getragen, aber das müsste in etwa passen. Sie sehen ja, bei ihm ist eine Lang-Größe angebracht.«

Andreas blickte mich sprachlos an, denn ich hatte ihm damit galant den Wind aus den Segeln genommen. Wir wurden zu einem Ständer mit Anzügen geführt. Zielstrebig griff die Verkäuferin zwischen die aufgereihten Anzüge und zog jeweils einen in Schwarz und einen in Anthrazit heraus.

»Möchten Sie diese beiden mal anprobieren?«

Von *möchten* konnte zwar keine Rede sein, aber Andreas trabte brav mit den beiden Anzügen unterm Arm in Richtung Kabine. Kaum war er hinter dem Vorhang verschwunden, raunte mir die Verkäuferin verschwörerisch zu: »Das bekommen wir schon hin, machen Sie sich keine Gedanken, wir haben hier schon jeden Mann neu eingekleidet!«

Das mochte ja sein, aber Andreas war nicht *jeder Mann*. Sie hatte ihn ja noch nicht erlebt, wenn er richtig in Fahrt kam und sich mit Händen und Füßen wehrte. Insofern: ihr Wort in Gottes Ohr. Ich machte es mir auf der Couch bei den Umkleideräumen gemütlich und hatte Gelegenheit, den Gesprächen der anderen Kunden zu folgen. Nein, ich lauschte nicht! Ich hatte ja keine Wahl, als den Gesprächen zuzuhören, die so laut geführt wurden, weil *er* in der Kabine mit dem Anzug kämpfte und *sie* draußen hektisch herumeilte und immer wieder für Nachschub sorgte. Ich schien nicht die einzige Ehefrau zu sein, die einen Kampf mit ihrem Ehemann darüber austrug, ob ein Anzug jetzt notwendig war oder nicht.

»Nein, Schatzi, Größe 29 muss nicht mehr gekürzt werden, das ist eine Größe für …«

»… wenn du jetzt kleine dicke Männer sagst, dann verlasse ich sofort die Kabine und fahre nach Hause!«

Na, hoffentlich zog er sich vorher wieder an, ich wollte mir gar nicht vorstellen, was da sonst gleich aus der Kabine gestapft kam.

»Nein, Mausebärchen, für Männer mit ganz viel bekuschelbarer Masse! Du weißt doch, ich liebe deinen Waschbärbauch! Du bist genau richtig so, wie du bist.«

Ich konnte nicht anders. Ich musste an dem großen Spiegel vorbei spähen und herausfinden, zu wem die Stimme gehörte. Dort stand eine Blondine von mindestens einem Meter fünfundachtzig. Mit ihren hohen Absätzen war sie wahrscheinlich sogar noch etwas größer als Andreas. Sagte sie nicht etwas von Kurzgröße für ihr Mausebärchen? Ich konnte es kaum erwarten, bis er aus der Kabine kam.

Aus der Kabine meines Mannes schnaubte und prustete es.

»Andreas, alles okay bei dir?« Der Vorhang wurde schwungvoll zur Seite geschoben.

»Seh ich damit nicht lächerlich aus?«

Wow. Ich starrte ihn einen Moment sprachlos an, bevor sich auf meinem Gesicht ein Lächeln breitmachte. Egal was dieser Anzug kostete, er war so gut wie gekauft! Andreas sah einfach spitze aus!

»Ich komme mir vor wie ein Oberkellner!«, jammerte Andreas.

»Blödsinn. Die Anzugjacke betont super deine Schultern, und die Hose sitzt besser als jede Jeans in deinem Schrank! Schau doch mal deinen Hintern an! Ich sage nur: *knackig*!« Zweifelnd zog Andreas die Augenbraue hoch.

»Meinst du wirklich?«

»Ja, meine ich. Ich würde dich gerne viel öfter in so einem hammermäßigen Outfit sehen. Zieh mal bitte den anderen Anzug an. Ich will schauen, wie der an dir aussieht.«

Genervt schloss Andreas den Vorhang. Das lief ja besser als erwartet!

Nebenan wurde der Vorhang der Kabine mit einem Ruck zur Seite gerissen und heraus kam … Mausebärchen. Wenn ich nicht gewusst hätte, dass Dirk Bach leider viel zu früh verstorben war, hätte ich geschworen, dass er gerade aus der Nachbarkabine geschwebt kam. Es war weniger die Passform des Anzugs, die mich blitzartig die Hand vor den Mund schlagen ließ, um nicht laut loszulachen, als die farbliche Herausforderung. Diese Kombination hatte ich bisher nur bei einem Dieter-Thomas-Kuhn-Konzert gesehen. Ich wusste nicht, dass man so etwas auch außerhalb der Faschingszeit bekam! Der satte Lilaton des Anzugs allein wäre schon extravagant genug gewesen. Er wurde allerdings durch das Glitzern der Goldpailletten auf Revers, Hosenumschlag und Ärmeln überstrahlt. Oh mein Gott. Es war ein riesiges Bonbon!

»Bärchen, du siehst hinreißend aus! In diesem Anzug will ich dich heiraten!«

Ich musste die Blondine nochmals genau in Augenschein nehmen, denn offensichtlich hatte ich die gelbe Armbinde mit den drei schwarzen Punkten übersehen. Aber nein, da war keine. Die Dame meinte das offensichtlich ernst.

Geschmäcker waren verschieden, dachte ich bei mir und wartete, bis Andreas mir endlich den zweiten Anzug präsentierte. Ich sendete ein kurzes Stoßgebet zum Himmel, auf dass sich mein Ehemann mit seinen Kommentaren zurückhalten würde, falls er der lila Discokugel aus der Nachbarkabine noch begegnen sollte, die sich strahlend vor seiner

Liebsten drehte. Heute, also nach seinem Machogehabe auf dem Parkplatz, würde ich es garantiert nicht tolerieren, wenn sich Andreas wie die Axt im Walde benahm. Der Begriff *fremdschämen* bekam einen besonders bitteren Beigeschmack, wenn man mit dem Grund für dieses Gefühl verheiratet war. Nicht nur einmal wäre ich nach Andreas' unbedachten Kommentaren am liebsten im Boden versunken. Es hatte schon seinen Grund, warum unsere Nachbarin seit gut einem viertel Jahr nichts mehr mit uns zu tun haben wollte. Als sie im Morgenrock und Pantoffeln an den Füßen, Lockenwicklern auf dem Kopf und mit dem Mülleimer in der Hand dem städtischen Müllauto hinterher lief und »Halt, halt! Haben Sie noch Platz?« rief, fiel meinem Mann nichts Besseres ein, als quer über die Straße zu brüllen: »Jo, Jungs. Lasst sie halt aufsteigen und nehmt sie mit!« Andreas hatte sich gekrümmt vor Lachen, die Herren der Müllabfuhr konnten sich auch nicht mehr halten, aber unsere Nachbarin fand das ganz und gar nicht witzig. Ich übrigens auch nicht. In diesem Augenblick hob unser glitzernder Kabinennachbar die Arme in die Höhe und drehte sich wie eine Ballerina, was bei seiner Statur mehr als lächerlich aussah. Andreas würde sich auf keinen Fall zurückhalten können, da war ich mir sicher. Ich selbst hatte mich so weit wieder im Griff und konnte den Mausebär tatsächlich beobachten, ohne in Gelächter auszubrechen. Aber mein Mann ... ich kniff fest die Augen zusammen. Glücklicherweise war das Timing perfekt. In dem Moment, als Andreas den Vorhang zurückschob, verschwand Dirk Bachs Doppelgänger wieder in seiner Kabine. Puh, dieser Kelch war an mir vorübergegangen.

Auch der zweite Anzug stand Andreas hervorragend, und ich sah, wie sich zwei junge Frauen, die vor einer Kabine weiter hinten warteten, mehrmals zu Andreas umdrehten. Mit einer gehörigen Portion Besitzerstolz betrachtete ich meinen Mann von allen Seiten. Ich konnte es mir nicht verkneifen, ihm einen Klaps auf den Po zu geben, bevor er wieder in der Kabine verschwand. Andreas grinste schelmisch und lachte, als er den Vorhang zuzog.

»Passen Sie auf, junge Frau, ich bin verheiratet. Nicht, dass meine Frau das mitbekommt!«

So gut gelaunt hatte ich ihn ja noch nie beim Einkaufen erlebt. Ich war begeistert! Gleich machte ich mich auf die Suche nach der netten Verkäuferin, um mir zeigen zu lassen, wo ich die Hemden und Krawatten fand. Ja klar, es glich einem Sechser im Lotto, wenn man im ersten Geschäft auf Anhieb alles fand und das dann nicht nur passte, sondern auch noch gut aussah. Aber schließlich gewann ja auch jeden Samstag irgendwer die Million.

Ein kurzer Blick auf die Uhr. Noch nicht einmal eine Stunde hier und die größte Herausforderung bereits gemeistert. Unglaublich! Hemden waren einfach. Ich kannte seine Größe, musste auch hier nur auf lange Arme achten und war in wenigen Minuten zurück bei den Kabinen. Gerade rechtzeitig, um Andreas abzufangen, der – nun wieder in altbekannter Kluft – die Kabine verlassen wollte.

»Nicht so schnell, mein Schatz! Ich hab dir gleich ein paar Hemden mitgebracht.«

Kurz hatte ich den Eindruck, Andreas wollte protestieren. Nach kurzem Zögern verzog er sich aber brav in die Kabine.

Drinnen hörte ich ihn brabbeln.

»T-Shirts sind einfach praktischer ... weil keine Knöpfe dran sind ... Knöpfe sind nicht für Männerhände gemacht ... Herrschaftszeiten, das ist doch ein Fuddelkram! Da kann einem ja der Kragen platzen!«

Wie aufs Stichwort sprang mir ein kleiner Knopf vor die Füße.

»Schatz, ich glaube, Teile deines Hemdes haben sich mir bereits vorgestellt. Möchtest du mir nicht auch den Rest zeigen?«

Andreas riss mit einem Ruck den Vorhang zur Seite und präsentierte sich im halb zugeknöpften Hemd.

»Du weißt, dass ich Knöpfe nicht mag. Der eine am Hals war wohl nicht richtig angenäht!«

»Natürlich, mein Lieber, der Knopf ist schuld. Zeig mir mal, wie das Hemd sonst so aussieht.«

»Na, wie ein Hemd eben!«

»Sind die Ärmel lang genug? Streck mal die Arme nach vorn.«

Andreas wankte röchelnd wie ein Zombie aus der Garderobe und legte seine Hände um meinen Hals, als wolle er mich zum Festmahl der Untoten einladen.

»Andreas, bitte! Welche Farbe würdest du denn wählen? Weiß ist klar. Und sonst? Würde dir dann eher der Fliederton gefallen oder Pflaume? Oder Aubergine? Ich kann dir gerne auch noch Malve holen. Das würde dir bestimmt auch gut stehen.«

Schweigen. Er sah mich aus großen Augen an. Weiteres Schweigen. Schließlich räusperte er sich.

»Ellen, Pflaume und Aubergine sind etwas zum Essen, und Malve ist ein Tee! Was genau willst du?«

»Ähm, okay, ich hole dir alle Farben und du deutest einfach drauf, okay?«

Ich kam mir vor, als wäre ich mit einem dreijährigen Kind unterwegs. Aber die Aussicht, vielleicht tatsächlich vor dem Mittagessen alles eingekauft zu haben, beflügelte mich und ich hatte in Rekordzeit die Hemden zusammengesucht. Wir einigten uns auf zwei weiße Hemden. Dazu noch ein Gemüse und einen Tee. Die passenden Krawatten konnte ich auch ohne ihn aussuchen. Erleichtert übergab ich die Hemden an die Verkäuferin, die alles für uns an der Kasse hinterlegte.

Gerade als Andreas mit meinem Segen die Umkleidekabine verlassen wollte, öffnet sich der Vorhang der Nachbarkabine und heraus kam Mausebärchen in schreiend roten Jeans und der farblich exakt passenden Jeansjacke. Beides an den Nähten abgesetzt mit weißen Lederfransen. Dieses Ensemble war kombiniert mit einem blauen Shirt mit weißen Sternen. Das sollte offenbar an die amerikanische Flagge erinnern. Aua. Das tat ja schon in den Augen weh!

»Da brat mir doch einer 'nen Storch!«, hörte ich Andreas da auch schon grölen. Zu spät. Höflich und dezent klang irgendwie anders. Andreas polterte sogar noch weiter und schlug dabei Mausebärchen auf die Schulter.

»Na? Wo hat man dich denn freigelassen? Bist du mit deiner Freundin auch beim Geldausgeben? Is'se das? Die ist ja wirklich ein ganzes Schnäpschen größer als du!«

Hallo Fettnäpfchen! Nicht schon wieder Ärger mit wildfremden Menschen. Bitte, bitte, bitte, sei doch einfach still!

»Servus, schön, dich hier zu treffen!«

Okay. Jetzt wurde es skurril. Was war denn hier los?

»Ja, das ist meine zauberhafte Annabel. Mäuschen, das ist Andy, ein Kollege.« Mäuschen lächelte und winkte fast schüchtern. Andreas zog mich an seine Seite und stellt mich vor.

»Das ist Ellen, meine Frau. Ellen, das ist Viktor Schröder aus der Firma.«

»Das ist ja ein Zufall, Andy. Mein Rehlein und ich waren auf der Suche nach einem Hochzeitsanzug. Und wir sind auch schon fündig geworden. Hier, schau mal!« Voller Stolz hielt Schröder Andreas den mit Pailletten besetzten Anzug unter die Nase. Zu meiner Verwunderung zuckte Andreas noch nicht mal mit der Wimper beim Anblick des lila Prachtexemplars voller Pailletten.

»Boah, Schröder, ganz dein Stil! Was anderes hätte ich auch nicht von dir erwartet.«

Ich traute meinen Ohren kaum. War das Andreas? Mein Göttergatte, der sonst über jeden Mann herzog, der es auch nur wagte, ein farbiges T-Shirt anzuziehen? Wow.

»Ja, Schröder, dann macht mal weiter. Ellen hat auch noch Pläne mit mir.« Dabei zog er mich an sich und gab mir nach einem lauten Schmatzer in die Halsbeuge einen Schubs Richtung Kasse.

»Schönes Wochenende und bis Montag!«, verabschiedeten wir uns winkend von dem ungleichen Paar.

Andreas musste meinen fragenden Blick gespürt haben, denn er grinste mich breit an.

»Der Viktor ist schon eine Nummer für sich. Schräge Klamotten, aber ein Typ, mit dem man Pferde stehlen kann.«

Darauf brauchte ich glücklicherweise nichts zu erwidern, denn wir hatten die Kasse erreicht. Ich bemerkte, wie Andreas bei der Summe, die uns die Verkäuferin nannte, leicht zusammenzuckte, dann aber brav unsere Kreditkarte über den Tresen reichte und die Tüten wortlos entgegennahm. Guter Mann. In Gedanken warf ich ihm ein Leckerchen zu und tätschelte ihm über den Kopf.

Es war kurz vor elf Uhr und wir hatten nur noch die Schuhe vor uns. Ich glaubte schon fast an den Lottogewinn und dirigierte Andreas zielstrebig zu Schuh-Maier ins erste Obergeschoss. In weniger als zehn Minuten hatte er ein bequemes Paar herausgesucht und grinste mich schelmisch an. Auch er sah wohl das Ende unseres Einkaufstrips in greifbare Nähe rücken. Ich liebte meinen Mann, hatte ich das schon erwähnt? Zwei Anzüge, vier Hemden und ein paar neue Schuhe. Und mein Mann hatte tatsächlich noch gute Laune!

Vollbepackt mit Tüten standen wir nun beide mitten im Einkaufszentrum und grinsten wie zwei Honigkuchenpferde. Die Leute hielten uns wahrscheinlich für verrückt, aber das war mir egal. Gemütlich schlenderten wir zum Auto und verstauten alles im Kofferraum.

»Andreas, ich bin ja so stolz auf dich!«

Fragend sah er mich an.

»Ja wirklich! Wenn ich mir die Männer meiner Freundinnen anschaue ...« Ich schnalzte kurz mit der Zunge. »Alleine die Horrorstorys, die Sylvia mir immer erzählt. Oder Mary, wenn sie mit ihrem Mann einkaufen geht. Ich glaub, ich hab mich davon anstecken lassen.«

»Naja«, verkündete Andreas mit stolz geschwellter Brust, »da muss ich dir schon zustimmen, du hast einfach ein Prachtexemplar von einem Mann erwischt! Wow, erst kurz vor zwölf. Was stellen wir zwei Hübschen denn noch an, an diesem freien Wochenende?«

Ich erinnerte mich an mein Stoßgebet vom Morgen. »Tja, ich werde morgen die Rumpelkammer aufräumen«, antwortete ich mit einem Seufzer. Versprochen ist versprochen.

PIZZA-BÄLLCHEN

300 g Mehl
250 g Quark
1 Päckchen Backpulver
8 Esslöffel Milch
6 Esslöffel Öl
1 Teelöffel Salz
1 Esslöffel Zucker
100 g Röstzwiebeln
200 g geriebenen Käse
100 g Schinken (gewürfelt)

1. Mehl, Quark, Backpulver, Milch, Öl, Salz und Zucker gut verkneten. Danach die übrigen Zutaten zum Teig geben und nochmals durchkneten.

2. Aus dem Teig kleine Bällchen formen. Ein Backblech mit Backpapier auslegen, die Bällchen darauf verteilen und ab damit in den Ofen. Backzeit: 30 - 40 Minuten bei 180 Grad.

3. Während der Backzeit immer mal wieder kontrollieren, dass die Bällchen von unten nicht zu dunkel werden und gegebenenfalls wenden.

Für Feiern mache ich mindestens die doppelte Menge. Die Geschmacksrichtung (Röstzwiebeln, Schinken, Käse) ist natürlich variabel. Auf den Käse würde ich aber nicht verzichten!

Vorsicht! Wenn sie noch warm sind, werden sie gerne stibitzt.

SCHMINK- UND SPACHTELPARTY

Mein Gott war mir schlecht! Was hatte ich bloß gestern alles getrunken? Das schrille Läuten des Weckers schickte im Stakkato Blitze durch meinen Kopf. Mechanisch angelte ich nach dem lärmenden Teil und schaltete es aus. Warum hatte ich mir überhaupt den Wecker gestellt? Die hämmernden Kopfschmerzen ließen mich keinen klaren Gedanken fassen. Irgendetwas wirklich Wichtiges hatte ich vergessen. Ein Gedanke drängte sich mehrfach an die Oberfläche, ich bekam ihn aber nicht zu fassen. Doch dann traf mich die Erinnerung, gnadenlos und mit der Stärke eines Vorschlaghammers! Mit einem Schlag war ich hellwach und stand senkrecht im Bett. Die Präsentation! Himmel, wie sollte ich diesen Tag überstehen? Panisch durchsuchte ich die Schublade meines Nachtschränkchens nach einer Packung Aspirin. Dieses Hämmern in meinem Kopf musste endlich aufhören. Solche Schmerzen hatte doch niemand verdient. Hätte ich gestern schon gewusst, dass sich mein Kopf heute Morgen anfühlen würde, als wäre mein Herzschlag in mein Hirn umgezogen, hätte ich sicherlich das eine oder andere

Glas abgelehnt. Geplant war dieses Alkoholgelage am Sonntagabend jedenfalls nicht gewesen.

* * *

Angefangen hatte ja auch alles ganz harmlos. Kati hatte mich zu einer *Schmink- und Spachtelparty* eingeladen. Jede Frau kannte diese Events. Bei so einer Party saßen für gewöhnlich sechs bis acht Frauen zusammen, um gemeinsam verschiedene Pflege- und Kosmetikprodukte einer Beautyfirma kennenzulernen und diese natürlich auch zu testen. Die Motivationen der einzelnen Parteien verteilten sich für gewöhnlich folgendermaßen: Aus Sicht der Teilnehmerinnen lag das Ziel des Zusammenkommens im Verbringen eines fröhlichen Nachmittags in geselliger, gut gelaunter Runde. Motivation der Beautyrepräsentantin war die Aussicht auf eine möglichst lange Bestellliste der Teilnehmerinnen. Die Gastgeberin freute sich vor allem auf das kostenlose Geschenk, das sie nach erfolgreich ausgerichteter Party erhalten würde. Das System war höchstwahrscheinlich von diversen Herstellern von Plastikschüsseln, Reinigungsmitteln oder Töpfen bekannt.

Bereits an der Haustür begrüßte uns Kati mit einem Glas Prosecco. Wir kannten Kati. Dieses Glas würde nicht das letzte des Nachmittags bleiben. Sie hatte den Kühlschrank stets gut gefüllt, wenn sie uns einlud. Das würde garantiert nicht anders sein, nur weil heute neben uns Freundinnen auch noch die Beautyrepräsentantin Frau Eckrich-Schnarrer anwesend sein würde.

Frau Eckrich-Schnarrer war eine topgepflegte Dame mit rabenschwarzgefärbtem, schulterlangem Haar. Vorsichtig geschätzt war sie wohl in ihren Endfünfzigern. In ihrem eleganten, aber schlicht schwarzen Kostüm wirkte sie sehr adrett und auf ihr Äußeres bedacht. Die perfekt manikürten und knallrot lackierten Fingernägel waren der einzige Farbklecks, den sie an sich trug. Nachdem sie sich kurz vorgestellt hatte, entschuldigte sie sich, um noch ein paar Vorbereitungen zu treffen. Kein Problem für uns. Blieb uns Zeit, die nächste Flasche Prosecco zu knacken und uns schon mal einzustimmen.Wie auf Kommando streckten wir unsere Gläser in Katis Richtung, damit sie uns nachschenken konnte. Eine leere Flasche nach der anderen wanderte in den Flaschenkorb im Flur.

Schließlich konnte es losgehen. Wir saßen reihum Katis großen Esstisch. Vor jeder Frau stand ein kleines Plastikschälchen mit warmem Wasser bereit. Daneben lagen ein kleines rosa Schwämmchen, ein Bürstchen und ein lindgrünes Handtuch. Ebenfalls in bequemer Greifnähe hatte man für jede Teilnehmerin einen lindgrünen Block und einen rosa Bleistift bereitgelegt. Lindgrün und rosa. Wer die Beautyfirma, für die Frau Eckrich-Schnarrer arbeitete, zuvor noch nicht gekannt hatte, würde sie spätestens jetzt anhand der Farben erkennen.

Meine beste Freundin Sonja hatte sich freilich den Platz neben mir ergattert.

»Na, gibt's was Neues an der Männerfront?«

Ich wusste selbstverständlich gleich, auf wen Sonja anspielte. Seit ein paar Wochen hatte ich einen neuen Kollegen. Steffen. Schon als ich ihn auf der Arbeit das erste Mal gesehen hatte, zitterten meine Knie und die Schmetterlinge in meinem Bauch waren wild durcheinander geflattert. Zufällig hatte ich mitbekommen, dass er sich gestern Abend in einem Club unweit meiner Wohnung mit Freunden treffen wollte. Diese Gelegenheit hatte ich mir natürlich nicht entgehen lassen, mich herausgeputzt und meinen Abend ebenfalls in diesem Club verbracht.

»Nun sag schon! Ist er aufgetaucht? Habt ihr mal zusammen getanzt?«, bohrte Sonja weiter. Klar, sie konnte ja nicht wissen, dass alles nicht so erfolgreich verlaufen war, wie wir es uns gestern Nachmittag, kichernd wie zwei pubertierende Teenager, ausgemalt hatten.

»Ach, frag lieber nicht«, winkte ich ab und zog gefrustet die Schultern nach oben. »Er kam so spät, da war ich schon auf dem Weg nach draußen. Wir sind uns quasi in der Tür begegnet. Er rein, ich raus. Da haben wir nur ein paar Worte gewechselt.«

»Mensch Anja! Warum bist du nicht einfach noch geblieben?«

»Ja klar, er kommt und ich entscheide mich ganz plötzlich, die Jacke noch mal auszuziehen und zu bleiben! Ich war ja mit einem Fuß schon aus der Tür! Nein, das wär überhaupt nicht auffällig gewesen, noch mal umzudrehen.«

Sonja war einfach unverbesserlich. Sie hätte das wahrscheinlich wirklich so gemacht. So viel Selbstbewusstsein konnte ich allerdings nicht auf meinem Konto verbuchen.

»Er ist morgen auch bei der Präsentation dabei. Da seh ich ihn eh wieder.«

»Na, dann trifft es sich ja prima, dass du dich heute von Frau Eckrich-Schnarrer um zwanzig Jahre verjüngen lassen kannst!« Sonja knuffte mir freundschaftlich in die Seite, und wir fingen an zu kichern. Frau Eckrich-Schnarrer warf uns einen tadelnden Blick zu. Offensichtlich hatte sie ihren Namen aufgeschnappt und unser Gackern auf sich bezogen. Das war ja fast wie in der Schule. Natürlich mussten wir nun erst recht losprusten.

Frau Eckrich-Schnarrer scharrte förmlich mit den Hufen. Man konnte ihr schier ansehen, dass sie endlich loslegen wollte. Offensichtlich war sie der Meinung, dass wir nun genug Prosecco intus hatten.

»Meine Damen! Wenn ich um Ihre Aufmerksamkeit bitten dürfte! Ich würde gerne beginnen.«

Frau Eckrich-Schnarrer zog belehrend die Augenbrauen nach oben und klärte uns betont langsam über die Inhaltsstoffe der Pröbchen auf, die sie gleich verteilen würde. Unwillkürlich kam mir Black Beauty in den Sinn, als ich Frau Eckrich-Schnarrer so akzentuiert die Lippen bewegen sah. Diese Zähne und die schwarze Mähne! Black Beauty, das edle Ross meiner Jugend hier auf unserer Schminkparty! Unglaublich! Wahrscheinlich war das der Prosecco.

»Sonja! Siehst du es auch?« Ich zupfte Sonja am Ärmel, bis sie mir ihre Aufmerksamkeit schenkte. »Black Beauty! Siehst du es auch?«, flüsterte ich ihr hinter vorgehaltener Hand ins Ohr. Verwirrt blickte Sonja zwischen mir und Frau Eckrich-Schnarrer hin und her, hatte aber dann gleich kapiert, was ich meinte und wieherte leise zur Bestätigung.

Black Beauty händigte unterdessen die erste Probe eines

Reinigungspeelings an jede Teilnehmerin aus. Wir verteilten die körnige Masse mit Hilfe unserer kleinen Schwämmchen auf unseren Gesichtern. Sonja und ich erledigten diesen Schritt gemeinsam, um nicht zu sagen gleichzeitig. Während sie mein Gesicht einbalsamierte, schmierte ich die Pampe unter Gelächter und Gefrotzel auf ihr Gesicht. Das war eine Gaudi. Glucksend und johlend schauten wir uns in die peelingverschmierten Gesichter.

»Darauf einen Prosecco!«, rief Kati.

Black Beauty seufzte, das würde ein schwieriger Nachmittag für sie werden.

Ich musste schon zugeben, meine Haut fühlte sich nach dem Peeling tatsächlich ganz zart und geschmeidig an. Irgendwie jünger? War das möglich? Mit Mitte dreißig zählte ich zwar weiß Gott nicht zum alten Eisen, aber das eine oder andere Fältchen hatte sich bereits in meine Augenwinkel geschlichen und ließ mich nicht mehr ganz taufrisch aussehen. Ich notierte mir den Namen des Peelings mit meinem rosa Bleistift auf dem kleinen lindgrünen Block. Sicher war sicher. Ich wollte ja nichts vergessen.

Kaum hatten wir unsere Gesichter wieder sauber gewischt, zückte Black Beauty das nächste Wundermittel – eine porenöffnende Intensivlotion. Während jeder ein paar Tropfen davon auf den Zeigefinger geträufelt bekam, um sie gleichmäßig im Gesicht verteilen zu können, referierte Black Beauty über die Vorzüge dieses wunderbaren Produkts.

»Wir wollen der Lotion eine Minute Zeit geben einzuziehen«, erörterte Frau Eckrich-Schnarrer abschließend.

Das war Katis Stichwort! Sie sprang auf und verschwand in

der Küche. »Mädels, ihr müsst unbedingt meinen selbstge-machten Maracujalikör probieren!«, tönte sie lauthals von nebenan. Sekunden später erschien sie mit einem Tablett im Türrahmen. Acht mit weißer Creme gefüllte Schnaps-gläser umringten eine große Flasche mit dem offensichtlich gleichen Inhalt. Begeistert stürzten wir uns auf die Gläser. Black Beauty lehnte ab. Schließlich müsste sie noch fahren. Was sollte ich sagen? Köstlich! Der Likör schmeckte fruch-tig, süß, durch den Joghurt etwas herb-säuerlich, genau im richtigen Maß. Man merkte überhaupt nicht, dass da Alko-hol drin war! Da wir auf einem Bein ja nicht stehen konnten, füllte Kati nach viel eingeheimstem Lob für ihren hausge-machten Likör unsere Gläschen erneut.

»Auf die Schönheit!«, prosteten wir uns zu. Ich dachte kurz nach, ob ich die porenöffnende Intensivlotion auch auf mei-nen lindgrünen Block schreiben sollte. Schließlich konnte man ja nicht alles kaufen, was man hier präsentiert bekam. Unschlüssig griff ich zum rosa Stift.

»Nimm es! Für Steffen!« raunte Sonja mir zu. Ich gehorch-te. Kichernd notierte ich den schier unaussprechlichen Na-men auf meinem Blöckchen.

Black Beauty ließ sich nicht beirren. Weiter ging es im Pro-gramm. Eine Salbe, die Pickel schneller abklingen lassen sollte, stand als Nächstes auf ihrer Liste. Wir saßen brav um den Tisch und nahmen die kleinen Holzspachtel mit An-ti-Pickel-Creme entgegen, die Frau Eckrich-Schnarrer uns austeilte. Sie lief von einem zum anderen und reichte jedem einen kleinen Spatel voll Creme. Dicht gefolgt von Kati, die offenbar fest entschlossen war, auch die Reserveflasche Maracujalikör noch an die Frau zu bringen. Unermüdlich füllte sie unsere Gläser nach, bis auch der letzte Tropfen verteilt war. Wir tranken brav. Das Zeug war ja auch wirklich lecker! Schade, dass Kati keine dritte Flasche mehr hatte. Aber Jammern half ja nicht. Wir gingen einfach wieder zu Prosecco über.

Black Beauty stellte uns derweil diverse Öle für die Intensivbehandlung und Reduzierung von Falten vor. Wenn ich ehrlich war, hatte ich mittlerweile langsam Schwierigkeiten, mich auf die Verwendungshinweise und Erklärungen von Frau Eckrich-Schnarrer zu konzentrieren. Gott sei Dank hatte sie uns diesen hübschen kleinen Block als Gedächtnisstütze bereitgelegt. Wie sollte man sich das sonst auch alles merken? Bereitwillig schmierte ich einfach alles, was man mir reichte aufs Gesicht.

Die Zeit verging wie im Flug. In Null-Komma-Nichts hatten wir weitere vier Flaschen Prosecco geleert. Mittlerweile in bester Stimmung, bewegten wir uns auf den Höhepunkt der Veranstaltung zu, wie Black Beauty uns versprach. Diese Creme würde unser Leben verändern! Etwas Vergleichbares hätten wir noch nie erlebt. Wir nippten an unseren Prosecco-Gläsern und widmeten uns gespannt dem Sahnestückchen, welches sie nun aus ihrem Köfferchen zog.

»Boah, Anja! Probier auch mal! Das fühlt sich Hammer an!«, forderte Sonja mich auf. Ich ließ meinen Finger in den Tiegel gleiten, den sie an mich weiterreichte, und nahm eine ordentliche Portion. *Viel hilft viel*, dachte ich. Black Beauty machte große Augen, als sie den Riesen-Cremeklecks sah, den ich auf meinem Zeigefinger Richtung Gesicht balancierte. Zähneknirschend seufzte sie, verkniff sich aber einen Kommentar. Hätte ich zu diesem Zeitpunkt schon gewusst, was das Tiegelchen kostete, hätte ich ihren Blick besser einordnen können. Ich grinste nur verklärt und verteilte das Wunderzeug mit beiden Händen im Gesicht. Frau Eckrich-Schnarrer schüttelte fassungslos den Kopf und wandte den Blick ab. Offenbar konnte sie den Anblick nicht länger ertragen.

Aber ehrlich, die Creme war der Hammer! Sonja hatte Recht! Nicht nur, dass sich mein Gesicht ganz zart anfühlte, auch meine Fältchen waren kaum noch zu sehen. Sie waren einfach weg! Unglaublich! Das war ja wirklich ein Wundermittel! Das musste ich haben. Begeistert notierte ich also auch diesen Namen auf meinen lindgrünen Zettel. Sollte noch etwas hinzukommen, müsste ich eine neue Seite anfangen, denn mittlerweile tummelten sich hier bereits die Namen einiger Produkte.

»Nimm es! Für Steffen!« Dieser Satz entwickelte sich scheinbar zum Running-Gag des Nachmittags.

Der Prosecco trug zweifellos gehörig zu unserer ausgelassenen Stimmung bei. Ich rechnete jede Sekunde damit, dass Black Beauty Sonja und mich auseinandersetzte, damit wir endlich Ruhe gaben und den *Unterricht* nicht noch weiter störten. Mittlerweile war allerdings die komplette Mädelsrunde aufgrund des beachtlichen Prosecco-Likör-Konsums sehr aufgekratzt. Da fielen Sonja und ich nicht weiter auf.

Unbeirrt zog Black Beauty ihr Schönheitsprogramm komplett durch. Sie stellte uns noch zahlreiche Mittel vor, an die ich mich kaum mehr erinnern kann. Alles, ohne auch nur einen einzigen Preis zu nennen. Ein Blick auf meine lindgrüne Liste ließ mich kurz innehalten. Ich musste mich mittlerweile mindestens im dreistelligen Eurobereich bewegen.

»Nimm es! Für Steffen!«, tönte es von links. Alle meine Bedenken bezüglich der Kosten wurden mit einem Lacher weggefegt. Na und, dann kostete es eben ein bisschen mehr. Hauptsache ich fühlte mich toll in meiner Haut!

Black Beauty war mittlerweile mit ihrer Präsentation am Ende angelangt und bat uns nun *einzeln* in den Nebenraum, um unsere Bestellungen mit ihr durchzugehen. Das war jetzt schon ein wenig seltsam und gruselig! Allein mit Black Beauty in Katis Gästezimmer? Ohne Rückhalt von Sonja und der kichernden Meute fühlte sich das fast an wie eine Notenbesprechung in der Schule, die in der Regel auch einzeln mit dem Lehrer in der Abstellkammer unseres Klassensaals stattgefunden hatte. Während draußen die Klasse grölte, musste man sich dem Drachen stellen. Ganz allein. Im Hier-und-Jetzt bedeutete das wohl, zu versuchen, so wenig unnützes Zeug wie möglich zu kaufen. Wie sollte ich das aber rechtfertigen? Schließlich war mein lindgrünes Blöckchen dicht gefüllt.

»Egal«, murmelte ich. »Ich nehm es. Für Steffen.« Beherzt drückte ich die Klinke zum Gästezimmer herunter. Ich war die Nächste. Mir fiel fast die Kinnlade herunter, als ich Katis Gästezimmer betrat. Frau Eckrich-Schnarrer war offensichtlich mit einem LKW angereist. Hier sah es aus wie in einem Warenlager. In lindgrünen Kistchen türmten sich hier alle Produkte, die sie uns vorgestellt hatte. Auf ihrem notdürftig improvisierten Verkaufstresen, gebaut aus mehreren Kistchen und einem rosafarbenen Regalbrett, thronte ein Gerät zur EC-Karten-Zahlung. Meine letzte Hoffnung, mich mit *Tut mir leid, Frau Eckrich-Schnarrer, ich habe leider nicht genügend Bargeld einstecken* aus der Bredouille retten zu können, sollte der Betrag, den sie mir gleich nennen würde, doch allzu hoch sein, war nun auch zerstreut.

»Für Steffen«, seufzte ich kaum hörbar und gab mich meinem Schicksal hin. Immerhin würde ich morgen bei der Präsentation spitzenmäßig aussehen! Alle Produkte, die ich auf meiner Liste notiert hatte, standen direkt zum Mitnehmen bereit. Black Beauty war gut vorbereitet.

Beschwingt und alle um einige Euros leichter, verbrachten wir den Rest des Nachmittags und die Abendstunden in Katis Wohnzimmer. An Einzelheiten konnte ich mich kaum mehr erinnern. Witzig war es jedenfalls. Meine Bauchmuskeln fühlten sich jetzt noch an, als hätte ich es im Fitnessstudio mit dem Bauchtrainer übertrieben. Mit roten Bäckchen und großen Tüten, auf denen das lindgrün-rosa Logo der Beautyfirma prangte, machten wir uns erst spät auf den Heimweg.

* * *

Soviel zum vorherigen Abend und den Gründen für meine unerträglichen Kopfschmerzen. Mir war schlecht! Hoffentlich wirkte die Aspirin-Tablette bald. Ich schlurfte ins Bad und spritzte mir kaltes Wasser ins Gesicht. Das taten die Leute in Filmen auch immer, wenn sie nach einer durchzechten Nacht schnell wieder fit sein mussten. Anscheinend half das. Als ich mein gekühltes Gesicht wieder aus dem Waschbecken erhob und einen Blick in den Spiegel wagte, bekam ich bestätigt, was ich bereits vermutet hatte. Jedes einzelne Glas Prosecco von gestern Abend hatte sich ganz deutlich in meinem Gesicht verewigt.

»Oh Mann«, stöhnte ich auf. Unter meinen Augen zeichneten sich fiese, dunkle Ringe ab. In Kombination mit der unnatürlichen Blässe ergab sich ein wunderbarer Kontrast zum restlichen Gesicht. Wie sollte ich das denn weggeschminkt bekommen? Außerdem war es schon viel zu spät. Verschlafen hatte ich ja dummerweise auch noch. Für mehr Beautytreatment als Zähneputzen und eine Blitzdusche blieb mir keine Zeit. Noch leicht feucht schlüpfte ich in mein Business-Kostüm und in die hohen Pumps. Die Haare raffte ich zu einem Pferdeschwanz zusammen, sammelte hektisch die Unterlagen für die Präsentation in meine Mappe, schnappte mein iPad und die Tüte mit meinem gestrigen Beauty-Einkauf. Vor der Wohnungstür hielt ich kurz inne. Hatte ich alles? *Arsch, Geldbeutel, Hirn.* Wie zur Bestätigung klopfte ich mir mit der freien Hand an die entsprechenden Körperstellen. Ich grinste. Humor hatte ich noch. Das musste man mir lassen. Mit diesen drei Worten hatte sich mein Vater früher immer verabschiedet, wenn er das Haus verlassen hatte. Mit *Hirn* meinte er seinen damals brandaktuellen Handheld-Computer. Ein kleines Ding, das von Aussehen und Größe einem Taschenrechner glich, und in dem er alle seine Telefonnummern und wichtigen Notizen gespeichert hatte. Geldbeutel und Handheld trug er immer in der hinteren Hosentasche und kontrollierte mit einem Klopfen auf den Allerwertesten immer, ob er auch nichts vergessen hatte. Das hatte ich quasi adoptiert, und bis heute beibehalten.

Ein Blick auf die Uhr bestätigte mir, dass ich um diese Zeit mit dem Zug schneller in der Stadt war als mit dem Auto. Einen Parkplatz in Gehweite der Firma würde ich sowieso nicht mehr ergattern. Ich hechtete also los zum Bahnhof, der gottseidank in direkter Nachbarschaft lag. Eventuell konnte ich mich ja mithilfe des einen oder anderen Schönheitselixiers im Zug wieder in einen normalen Menschen verwandeln.

Ein kurzer Zwischenstopp beim Bäcker musste sein. Ohne Kaffee wäre ich nicht zu ertragen. Ich dachte da nur an meine Mitmenschen. Während die Verkäuferin den Kaffee in den Becher füllte, entspannte ich mich ein wenig. Noch acht Minuten bis zur Abfahrt des Zuges. Das würde ich locker schaffen. Mit dem Duft von Kaffee in der Nase sah die Welt schon wieder anders aus. Dachte ich zumindest.

Hinter mir ertönte ein Glöckchen und kündigte das Eintreten eines Kunden an.

»Guten Morgen!«, grüßte dieser freundlich und gut gelaunt.

Moment. Die Stimme kannte ich doch. Das durfte jetzt nicht wahr sein! Was wollte der denn hier? Meine Nackenhärchen stellten sich auf. Da gab ich gestern 423 Euro 70 für Beautyprodukte aus. Alles wegen Steffen. Und dann begegnete ich ihm, *bevor* ich das Zeug aufgetragen hatte! Verzweifelt zog ich in Erwägung, mich vorsichtig herumzudrehen, so dass mein Gesicht von ihm abgewandt wäre, und mich unauffällig hinauszuschleichen. Vielleicht würde er mich gar nicht erkennen.

»Ach, schau mal, die Anja!«

Okay. Der Plan war gescheitert. Etwas anderes fiel mir nun auch nicht ein. Sollte ich die Verkäuferin vielleicht nach einer Papiertüte fragen? Die könnte ich mir überstülpen, solange Steffen in der Nähe war.

»Schön, dich hier zu treffen, du fährst heute also auch mit dem Zug, ja? Ist auch viel entspannter.«

Entspannt? Ja, das war genau das Gefühl, das ich gerade hatte. Warum ging er nicht einfach und ließ es gut sein? Es half alles nichts. Ich konnte ihn ja schlecht ignorieren. Langsam drehte ich mich zu ihm um, so dass er mein ganzes Elend in voller Pracht betrachten konnte.

»Himmel, Anja! Was ist denn mit dir passiert? Hattest du einen Unfall? Du siehst ja furchtbar aus!«

Einen Unfall? Hallo? Vorsicht, junger Mann, so schlimm war es nun auch wieder nicht. Was erlaubte der sich eigentlich? Wut nahm für einen Moment das Ruder in die Hand, gab es aber in der Sekunde wieder ab, als ich in Steffens blaue Augen blickte. Er sah ernsthaft besorgt aus.

»Nein. Alles okay.« Ich räusperte mich. »Ich war gestern nur unterwegs.« Während ich sprach, wurde mir bewusst, dass ich die Tüte mit dem riesigen lindgrün-rosa Beauty-Logo in der Hand trug. Schnell versteckte ich sie hinter meinem Rücken. Steffen würde noch denken, dass ich ohne Cremes und Pülverchen immer so aussah! Die Verkäuferin reichte mir meinen Kaffee über die Theke. Dankbar nahm ich einen großen Schluck. Ich wartete, bis auch Steffen mit einem dampfenden Becher des lebensrettenden Elixiers versorgt war. Ich konnte ja nun schlecht einfach abhauen. Schließlich hatten wir das gleiche Ziel. Außerdem hatte er das Übel ja nun auch schon in seinem ganzen Ausmaß erblickt.

»Oh, dich scheint es ja richtig heftig erwischt zu haben.«

»Frag nicht! Meine Kopfschmerzen bringen mich fast um!«

Es hatte ohnehin keinen Sinn mehr, sich für Steffen zu verstellen, er hatte mich ungeschminkt und schlecht frisiert gesehen. Entweder mochte er mich und konnte auch diese Seite von mir aushalten, oder er war es nicht wert, dass ich mich weiter um ihn bemühte.

»Weißt du«, sagte er, als wir uns schließlich nebeneinander in die Sitze im Zugabteil sinken ließen, »du solltest dich vielleicht mal mit meiner Tante Ingeborg unterhalten.«

Ich blickte ihn fragend an. Was kam jetzt?

»Die hat ziemlich guten Erfolg mit ihren Kosmetikprodukten. Sie sagt immer, das Zeug kann wahre Wunder bewirken. Ich schreib dir mal ihre Nummer auf. Wie gesagt, sie heißt Ingeborg. Ingeborg Eckrich-Schnarrer.«

Unfassbar! Black Beauty? Die Tante von meinem Steffen? Was sollte ich denn da bitteschön noch sagen? Sprachlos nahm ich den Zettel mit der Telefonnummer entgegen.

»Ich glaube, ich muss ein bisschen besser auf dich aufpassen, damit du nicht wieder abstürzt! Nächstes Wochenende gehen wir einfach zusammen aus, einverstanden?« Verschmitzt zwinkerte er mir zu. Ich nickte ungläubig und hauchte ihm ein *gerne* entgegen. Da hatten sich die 423 Euro 70 am Ende doch noch gelohnt.

MARACUJA-LIKÖR

3 Eigelb
200 g Zucker
600 ml Sahne
1 Liter Maracujasaft
500 g Pfirsich-Maracuja-Joghurt (ohne Stückchen)
0,7 Liter Korn

Eigelb und Zucker in einer großen Schüssel verschlagen. Dann nach und nach die Sahne, den Maracujasaft, den Pfirsich-Maracuja-Joghurt und den Korn dazugeben und gut verrühren.

Ergibt ca. 3 Liter Maracuja-Likör. Lecker!

Innerhalb von 3 Tagen verbrauchen.

Was willst du?

Bing! – Kakao

Bing! – Butter

Bing! – Mehl und Zucker

Bing! – Warte, ich muss doch das Schoko-Schock-Rezept nochmal raussuchen

Bing! – Da kommt ja eigentlich gar nichts rein O_o ... komisches Rezept

Bing! – Vanillezucker

Bing! Bing! Bing! Scheinbar konnte ich keinen Supermarkt betreten, ohne von meiner besten Freundin eine Einkaufsliste aufs Auge gedrückt zu bekommen, die länger war als meine eigene. Und das auch noch per SMS. In einzelnen SMS, wohlgemerkt. Ich sauste also kurz vor Ladenschluss mit meinem Mini über den Supermarktparkplatz, schlug schwungvoll das Lenkrad ein, um in die Parklücke zu fahren und trat sofort heftig in die Eisen, als ich sah, dass die Lücke besetzt war. Fünf Jugendliche hatten es sich bei den Blumenkübeln, die zur Begrenzung der einzelnen Parkplätze aufgestellt waren, bequem gemacht.

»Ey, pass auf!«, brüllten sie mir gleich unisono entgegen.

Zum Glück war ein Mini – wie der Name schon sagte – mini. Ich ließ mich also gerade so weit in die Lücke rollen, dass das Heck meines Wagens nicht auf der Straße hing, kurbelte mein Fenster bis auf einen winzigen Spalt nach oben und schaltete den Motor aus. Ich öffnete die SMS, zog einen Kugelschreiber und einen Block aus meiner Handtasche und begann die Liste meiner Freundin auf meinen Einkaufszettel zu übertragen. Zum Teil war es Notwendigkeit, zum Teil war es Tarnung, denn so konnte ich die Horde Jungs unauffällig über den Rand meines Blockes hinweg beäugen. Zwei von ihnen saßen auf den Kübeln, einer auf der Bordsteinkante und die anderen beiden standen daneben und wussten scheinbar nicht, was wichtiger war: Die Zigarette und die Bierdose festhalten oder die Hose nach oben ziehen. Oder sollte das so? Klar trugen die jungen Herren heutzutage die Jeans so tief, dass man blind sein musste, um zu übersehen, von welcher Marke die Unterwäsche stammte. Bevorzugt waren Calvin Klein und Diesel. Die Gummibänder mit dem Brand zu zeigen, war ja schön und gut. Aber die gesamte Unterwäsche? Vermutlich war es der letzte Schrei, die Jeans unterhalb des Pos mit einem Gürtel festzuzurren und ich verstand es nur nicht. Genauso wenig verstand ich die Basecaps, Sportschuhe ohne Schnürsenkel, obwohl Schnürsenkel vorgesehen waren, Muskelshirts mit Einblick bis zum Bauchnabel und die Vorliebe für billiges Bier aus Dosen. Oder die Ausdrucksweise ohne jegliche Artikel, Possessivpronomen oder andere wichtige Bestandteile der deutschen Sprache, wie mir gerade auffiel.

»Gehste heute Kaffta?«, sagte Mr. Muskelshirt und stieß seinen Kumpel mit den offenen Schuhen an.

»Alter! Geb Antwort. Ich red mit dir.«

Ich schrieb den Vanillezucker auf meinen Zettel und grübelte, was denn wohl ein oder eine Kaffta war. Möglicherweise war es etwas Lustiges, denn einer der beiden Jungs, die auf den Blumenkübeln saßen, schien sich prächtig zu amüsieren.

»Kaffta is was für Omas, Mann«, johlte er und spuckte rötlich braunen Schleim vor sich auf den Gehsteig. Igitt! War das Kautabak, oder war der Junge ernsthaft krank?

»Nee. Jule macht heut Kuchenbar«.

Kaffta. Cafeteria? Es war zumindest möglich. Mittlerweile erntete ich abschätzige Blicke durch die Windschutzscheibe hindurch und das Getratsche und Getuschel von draußen wurde merklich leiser. Ich fühlte mich ertappt, obwohl ich doch eigentlich gar nicht sitzengeblieben war, um zu lauschen. Sollte ich besser wieder wegfahren? Ach, das war ja lächerlich! Ich zog also den Schlüssel ab, klemmte mir die Handtasche unter den Arm und öffnete die Autotür. Das linke Knie bis zur Stirn hochziehen, halb auf dem Fahrersitz drehen, den Kopf einziehen und langsam aus der Sardinenbüchse kriechen. Das Manöver, mich aus meinem Mini zu schälen, fühlte sich nicht nur merkwürdig an, sondern sah auch urkomisch aus. Der Junge mit der rot-braunen Spucke zog selbstgefällig eine Augenbraue in die Höhe und raunte seinem Kumpel etwas entgegen, das ich beim besten Willen nicht verstand. Vermutlich war es nicht mal deutsch, sondern seine Muttersprache. Warum eine Frau von fast einem

Meter und achtzig einen Mini fuhr? Weil es ein schönes Auto war. Ende der Diskussion. Möglicherweise machte ich mich hier zum Lacher des Tages für diese Gruppe Halbstarke, aber in einer Beziehung war meine Größe doch ganz praktisch. Ich überragte die jungen Herren mindestens um ein bis eineinhalb Köpfe, sobald ich mich komplett entfaltet hatte. Ich schloss mein Auto ab und wandte mich den Jugendlichen zu, schließlich musste ich da durch, um zum Eingang des Supermarktes zu gelangen. Okay, ich hatte die Gruppendynamik unterschätzt. Sie schauten immer noch so arrogant aus der Wäsche wie vorher. Sobald Jugendliche im Rudel auftraten, war Körpergröße wohl kein Argument mehr.

»Eywaswillstdu?«, fragte mich Calvin Klein in einem Einwortsatz, zog dabei hörbar die Nase hoch und wischte sich dann selbige mit dem Handrücken ab. Abgelenkt von der Gänsehaut, die mich bei diesem Anblick überzog, antwortete ich das Nächstbeste, das mir einfiel.

»Ich brauche Nudeln, Shampoo, Backutensilien für meine Freundin, und ich weiß noch nicht was ich morgen kochen soll.«

Als mir die entgeisterten Blicke der Jungs klarmachten, dass die Notizen auf meiner Einkaufsliste wohl nicht das waren, was sie tatsächlich interessierte, sondern eher eine Erklärung oder gar eine Entschuldigung dafür, dass ich mein Auto in *ihrer* Chill-Out-Area parkte, lächelte ich mein unschuldigstes Lächeln für die Jungs und die überall angebrachten Sicherheitskameras und ließ sie einfach stehen. *Mein armes Auto!* schoss es mir durch den Kopf. Ich wollte keinen rot-braunen Tabak-Sabber auf meiner Windschutzscheibe kleben haben. Aber ich konnte ja jetzt nicht zurückgehen und sie bitten, meinem geliebten Mini nichts anzutun. Außerdem bissen ja Hunde, die bellten, bekanntlich nicht. Ich entschied mich also dazu, an das Gute im Menschen zu glauben, steckte die Münze in den Schlitz und zog einen Einkaufswagen heraus. Die Frage, die der Junge mir gestellt hatte, ließ mich aber nicht los.

»Was willst du?«, murmelte ich vor mich hin. Gute Frage. Was wollte ich, und wann hatte ich mir genau diese Frage eigentlich zum letzten Mal gestellt? Hatte ich sie mir überhaupt schon mal gestellt? Wenn ja, welche Antwort hatte ich mir darauf gegeben? Ach herrje. Das war ja geradezu ein philosophischer Gedanke. Und das im Supermarkt!

Wenn ich ehrlich zu mir war, hatten meistens andere Leute diese Frage für mich beantwortet und mit meinem vermeintlichen Willen dann Entscheidungen für mich getroffen. Andere schienen immer besser zu wissen, was ich eigentlich wollte. Selbstverständlich immer nur mit den besten Absichten. Sie hatten es alle immer gut gemeint. Ich schüttelte gedankenverloren den Kopf. Wie war noch gleich noch der Superlativ von *schlimm*? Richtig: *Gut gemeint*! Über dieses Beispiel deutscher Grammatik hätten sogar die Jungs draußen auf dem Parkplatz lachen können. Ob sie die Tragik dahinter verstünden, das wusste ich allerdings nicht.

Langsam lud ich die Backutensilien in den vorderen Teil des Einkaufswagens, weil ich für diese eine gesonderte Rechnung benötigen würde. Das hatte ich von Stefan gelernt, meinem Exfreund, dem es immer peinlich war, wenn wir an der Kasse standen und ich erst den ganzen Einkaufswagen umgraben musste, um an die Dinge zu kommen, die getrennt bezahlt werden mussten. Hm. Stefan. Hatte ich damals denn darüber nachgedacht, was ich wollte, als ich mich von ihm trennte? Die Trennung war unschön gewesen. Naja, am besten nannte man das Kind doch beim Namen. Die Trennung war laut, mit vielen Tränen und Geschrei angereichert und einfach nur zum Kotzen gewesen. Damals war ich mir ziemlich im Klaren darüber gewesen, was ich *nicht* wollte. Das war ganz einfach zu beantworten: Ich wollte nicht, dass wir uns stritten. Ich wollte nicht, dass wir in eine andere Wohnung zogen. Ich wollte nicht, dass wir langsam aber sicher nebeneinanderher lebten, anstatt miteinander. Ich wollte sehr viele Dinge explizit nicht. Irgendwo hatte ich mal gelesen, dass das Unterbewusstsein keine Verneinungen kannte oder akzeptierte. Man sollte also lieber an einer Friedensdemonstration als an einer Anti-Kriegs-Demo teilnehmen. Vom Grundsatz her war es das Gleiche, der Unterton war aber ein ganz anderer. Die Friedens-Demo war positiv und strahlte Optimismus aus, wohingegen die Anti-Kriegs-Demo immer einen leicht aggressiven Beigeschmack hatte. Dabei wollten doch alle nur Frieden. Vermutlich hätte ich mir eine harmonische Partnerschaft, statt keinen Streit, wünschen sollen. Oder gemeinsame Zukunftspläne, statt keine unterschiedlichen Träume und Vorstellungen. Naja, diese Einsicht kam wohl zu spät. Oder positiv ausgedrückt: Es war gut, dass ich wieder Single war.

Dieser Exkurs in die jüngste Vergangenheit machte mir schlagartig klar, dass ich mir nicht nur in puncto Beziehung die Frage nach dem *Was willst du eigentlich?* viel zu selten oder sogar gar nicht stellte. Hatte ich denn tatsächlich keinerlei positive Zielsetzung? Ich zählte spontan im Kopf all die Dinge auf, die ich meinen Eltern zuliebe, meiner besten Freundin zuliebe, meinem Chef zuliebe, der netten Oma aus der Nachbarschaft zuliebe, aber niemals mir zuliebe machte. Verzweifelt durchsuchte ich alle virtuellen Schubladen meines Verstandes. Nichts! Verdammt!

Aua! Nochmal verdammt!

»Verzeihung! Das war keine Absicht«, entschuldigte sich der ältere Herr, der mir mit seinem Einkaufswagen in die Hacken gefahren war. Scheinbar war ich abrupt zwischen den frischgebackenen Brötchen und den Frühstücksflocken zur Salzsäule erstarrt und der Herr hinter mir hatte nicht mehr bremsen können. Lächelnd winkte ich ab.

»Alles gut. Nichts passiert«, antwortete ich und brachte mich und meinen Wagen in Bewegung. Alles gut. Nichts passiert. Bis auf eine eingedellte Ferse und einen blauen Fleck am Po. Warum kam mir diese Antwort über die Lippen? Dem erschrockenen älteren Herrn zuliebe, und weil es die Höflichkeit so gebot. Es hatte mal wieder nichts mit dem zu tun, was ich eigentlich wollte. Ich hätte nämlich am liebsten laut geflucht und wäre eine Runde auf einem Bein herumgehüpft. Stattdessen lächelte ich, schob meinen Wagen vorwärts, griff hier und da nach ein paar Obstsorten, einer Paprika und einem Bund Frühlingszwiebeln, und endete auf wundersame Weise und ohne es gemerkt zu haben bei den Kühltheken. Dort schaute ich auf meine Einkaufsliste und seufzte. Erdbeer- oder Himbeerjoghurt. Was wollte ich denn? Oh mein Gott. Was hatten diese Jungs da draußen bloß in mir losgetreten? Ich brauchte dringend einen neuen Plan für mich und mein Leben. Bei den Sicherheitshinweisen im Flugzeug hieß es doch auch so schön: Setzen Sie die Atemmaske auf und kümmern Sie sich erst danach um andere Passagiere, die vielleicht Ihre Hilfe benötigen. Eigentlich war diese Grundregel total simpel. Erst wenn es mir gut ging und ich mich wohlfühlte, konnte ich für andere da sein.

Also nochmal: Was wollte ich?

Ich wollte endlich diesen wundervollen Urlaub machen, von dem ich schon seit vielen Jahren träumte. Ich wollte mit meinem süßen Nachbarn einen Kaffee trinken gehen und ich wollte ausgelassen tanzen. Ich wollte Spaß haben, einen Kletterkurs besuchen und Klavierspielen lernen. Ich wollte spanisch sprechen und thailändisch kochen können. Ich wollte meine Freizeit genießen und ich wollte laut lachen, wenn mir gerade danach war. Und vor allem wollte ich spüren, dass ich lebte!

Naja, und ich wollte Erdbeerjoghurt! Gut, dass ich das schon mal wusste. Also packte ich zwei Becher in meinen Einkaufswagen und ging weiter. Der Wagen füllte sich langsam mit Dingen, die ich mehr oder weniger brauchte. Danach füllte er sich mit Dingen, die meine beste Freundin mehr oder weniger brauchte. In der Getränkeabteilung blieb ich vor den Dosen stehen. Wollte ich das? Konnte ich das? Sollte ich das? Ach, no risk, no fun!

Gut gelaunt schob ich meinen Einkaufswagen über den Parkplatz, an meinen jungen Freunden vorbei, und packte meine Einkäufe in den Kofferraum. Ein vorsichtiger Blick links und rechts an meinem Auto vorbei zeigte, dass ihm zwischenzeitlich nichts passiert war. Kein Kratzer, keine Spucke, keiner hatte an die Reifen gepinkelt. Nur dieselben skeptischen und herausfordernden Blicke wie vor meinem Einkauf. Hervorragend, damit konnte ich umgehen. Ich grinste still vor mich hin. Calvin Klein und der Junge ohne Schnürsenkel hatten, während ich im Supermarkt war, die Plätze getauscht und teilten sich gerade eine Zigarette. Die anderen drei saßen auf dem Gehsteig und tippten jeder für sich auf ihren Handys herum. *Gemeinsam einsam* ging mir spontan durch den Kopf. Das war scheinbar der Fluch der Jugend. Vielleicht würden sie ja auch eines Tages an den Punkt kommen, an dem sie sich fragten, was sie eigentlich wollten. Passende Hosen, Nikotinpflaster, eine bessere Grammatik? Ich übertrieb natürlich maßlos. Auch diese jungen Männer würden ihren Platz finden. Ich packte den Erdbeerjoghurt in die Kühltasche, stapelte fünf Energy Drinks in meiner Armbeuge und zog den Kofferraumdeckel zu, ehe ich um meinen Mini herum auf die fünf Jungs zuging.

»Hi, Jungs. Vielen Dank für euren Denkanstoß«, sprach ich sie an und reichte Mr. Muskelshirt eine Dose. Was hatte ich nur gedacht? Dass die Herren mich freudig lächelnd in ihren Kreis einluden, sich höflich bedankten und meine milden Gaben entgegennahmen? Es waren Jugendliche, erinnerte ich mich selbst, und zog meinen Arm wieder zurück, als man mich gut dreißig Sekunden ausschließlich genervt angestarrt hatte.

»Waswillstdu?«, fragte mich Calvin Klein zum zweiten Mal an diesem Tag.

»Das war eine sehr gute Frage. Jetzt habe ich auch eine

gute Antwort für dich. Ich will Weltfrieden!«, rief ich ihm freudig entgegen, stellte die Dosen neben den schnürsenkellosen Sportschuhen des einen Jungen ab, zuckte mit den Schultern und zwinkerte ihnen zu.

»Ob ihr's jetzt glaubt oder nicht. Das ist mein Dankeschön, weil ihr mein Denken verändert habt.« Mit diesem Satz winkte ich der Gruppe zu, ging zu meinem Auto, faltete mich Mini-gerecht zusammen und ließ den Motor an. Aus reiner Neugierde heraus drehte ich auf dem Parkplatz eine extra Runde und fuhr nochmals an meinem Parkplatz vorbei. Schmunzelnd beobachtete ich, wie die Jungs die Dosen argwöhnisch beäugten und schließlich Calvin Klein der Erste war, der zu meinem Dankeschön griff und den Verschluss öffnete.

SCHOKOLADENKUCHEN
SCHOKO-SCHOCK

250 g Butter

300 g Zucker

100 ml Wasser

3 Esslöffel Kakao

4 Eier

250 g Mehl

¾ Päckchen. Backpulver

1 Päckchen Vanillezucker

1. Die Butter, den Zucker, das Wasser und den Kakao aufkochen und etwas abkühlen lassen.

2. Dann der Reihe nach Eier, Mehl, Backpulver und Vanillezucker hinzufügen und solange verrühren, bis der Teig Blasen schlägt.

3. Den Teig in eine gut gefettete oder mit Backpapier ausgekleidete Kastenform geben und bei 175°C Umluft für ca. 60 Minuten backen.

KEINE CHANCE GEGEN BARBIE

Halb fünf. Der Wecker schrillte unerbittlich. Mein erster Urlaubstag und dann sowas! Wer konnte denn ahnen, dass halb fünf so früh war? Ich schmiss mich mit Schwung auf die andere Seite des Bettes und meine Faust traf den armen Wecker voll auf die Zwölf. Im wahrsten Sinne des Wortes. Noch war ich nicht in der Lage einen klaren Gedanken zu fassen. Es musste doch einen Grund gegeben haben, warum ich meinen Wecker am ersten Urlaubstag auf diese unchristliche Zeit gestellt hatte. Urlaub. Ja natürlich! Aber nicht meiner, sondern der meiner Freundin Petra, die eine Reise nach Neuseeland gebucht hatte. Als brave Freundin hatte ich natürlich freudestrahlend zugestimmt, als sie mich fragte, ob ich sie zum Flughafen fahren könnte. Dann nannte sie mir die Abflugzeit: Morgens um halb acht. Das bedeutete konkret, dass wir um halb sechs am Flughafen sein mussten. Ich seufzte und begann mich langsam aus dem Bett zu schälen. Mechanisch arbeitete ich die morgendliche Routine ab: In pinkfarbigen Fellimitat-Kuschel-Hausschuhen ins Bad schlurfen, Zähne putzen und etwas Wasser ins Gesicht spritzen. Zu mehr war ich um diese Uhrzeit noch nicht bereit. Ich würde mich nach der Fahrt zum Flughafen sowieso nochmal hinlegen. Kurzer Blick in den Spiegel. Die Haare standen wild vom Kopf ab, aber wozu gab es denn Haargummis? Das passte schon. Noch schnell in den warmen Jogginganzug mit der großen Minnie Mouse auf der Brust schlüpfen, Jogging-schuhe an, Schlüsselbund einstecken und ab zum Auto. Ich lag prima in der Zeit.

Hui, frisch war es draußen. Obwohl, für einen Tag Ende September war es eigentlich genau passend. Wenigstens weckte die kühle Luft meine Lebensgeister. Ich schloss die Tür meines VW-Käfers auf. Ich liebte diesen klapprigen Old-timer mit all seinen Macken. Ich zog, zerrte und rüttelte an der Tür und die Scharniere quietschten erbärmlich. Der Rahmen hatte sich im Laufe der Jahre ein wenig verzogen. Vielleicht hatte auch ein Vorbesitzer mit meinem Schätz-chen einen Unfall gebaut.

»Schhhhhhh. Sei doch nicht so laut«, flüsterte ich meinem Auto zu. Schließlich wollte ich nicht die ganze Nachbar-schaft wecken. Ich ließ mich auf den Fahrersitz plumpsen, der natürlich auch kräftig quietschte. Dieses Auto war wie ein dreijähriges Kind. Es tat genau das Gegenteil von dem, was man wollte. Ich fummelte den Schlüssel ins Zündschloss und drehte ihn beherzt im Uhrzeigersinn um. Nichts. Ich versuchte es noch einmal. Nichts, klack, dann wieder nichts. Kein vertrautes Startgeräusch, kein jammerndes Aufheu-len, nichts. Wieder und wieder drehte ich den Schlüssel im Schloss, in der irrigen Annahme, dass mein Käfer beim acht-zehnten Versuch doch ansprang.

»Oh nein! Bitte nicht heute. Komm schon, Herbie, spring an. Mir ist auch kalt, aber wir müssen Petra zum Flughafen bringen. Bitte, alter Junge«, bettelte ich meinen Wagen an. Erneut drehte ich den Schlüssel im Zündschloss. Wieder nichts. Auf gutes Zureden reagierte Herbie nicht. Er war also eine ganze Ecke sturer als sein Namensvetter aus dem Fernsehen.

»Du verdammte Mistkarre! Jetzt spring endlich an! Ich bin nicht extra so früh aufgestanden, um dann wegen dir doch zu spät bei Petra anzukommen. Ich schwöre dir, ich lasse dich heute noch in der Schrottpresse einstampfen, wenn du nicht augenblicklich anspringst!«, explodierte ich und schlug dabei wütend mit der Faust auf das Lenkrad. Gänzlich unbeeindruckt von meiner Schimpftirade ertönte nur ein weiteres Mal nach dem Drehen des Zündschlüssels das verhasste Klackern im Motorraum. Winterwetter verursachte jedes Jahr leichte Alters-Ausfallerscheinungen bei meinem Wagen, das war nichts Neues. Scheinbar mochte er nun aber auch kein Herbstwetter. Der Anlasser streikte, daran gab es keinen Zweifel. Um nicht weitere wertvolle Zeit verstreichen zu lassen, kramte ich panisch in den hintersten Schubladen meines Gehirns nach einer Lösung.

»Bibo!«, rief ich und warf die Hände in die Luft. Bibo war meine Lösung. Nein, ich wollte nicht mit dem Riesenvogel aus der Sesamstraße zu Petra reiten. So hieß das Auto meines Nachbarn Matze, seit seine Nichte es feierlich mit Apfelsaft begossen und auf diesen Namen getauft hatte. Ich spurtete also wieder zurück ins Haus und klingelte bei Matze. Er passte perfekt in die Rolle des Ritters und Retters in schillernder Rüstung. Nicht nur, weil er groß war, die tollsten und strahlendsten Augen, die süßesten dunklen Locken und den knackigsten Po der ganzen Welt hatte und ich, seit seines Einzuges in die Nachbarwohnung, ein Auge auf ihn geworfen hatte, sondern auch weil er ein fahrtüchtiges Auto besaß. Das hatte für den Moment Priorität, redete ich mir ein, und schob die Wahrheit wie so häufig beiseite. Das größte Problem an unserer Freundschaft war sein Pflichtbewusstsein, dicht gefolgt von meiner Schüchternheit. Wir saßen häufig abends gemeinsam vor dem Fernseher. Manchmal in seiner Wohnung, manchmal in meiner. Doch dann spielte sich immer wieder die gleiche Szene ab. Nachdem ich endlich genug Wein getrunken hatte, um meinen Unsicherheiten Ketten anzulegen und zum Angriff überzugehen, griff Matze zum iPad oder zum Laptop, um noch schnell eine Kleinigkeit zu berechnen, eine wichtige Mail zu schicken oder ein paar Notizen für den nächsten Tag aufzuschreiben. Welcher Job war so wichtig, dass man sogar meine eindeutigen Signale übersah? Oder wurde ich nach dem dritten Glas Wein etwa aufdringlich? Andererseits betonte er immer, dass er sich in meiner Gegenwart wohl fühle und ausnahmsweise abschalten könne. Aber er sollte doch gar nicht abschalten, verflixt! Im Gegenteil! Ich hätte nichts dagegen, wenn er über mich genauso herfallen würde wie über seinen Laptop. Aber nein, plötzlich türmten sich die Arbeitsberge und ich wurde mit einem freundschaftlichen Küsschen rechts, Küsschen links zu meiner Wohnungstür geleitet. Aber das war ein anderes Thema. Jetzt brauchte ich erst mal Bibo. Ungeduldig hielt ich meinen Daumen auf den

Klingelknopf und klingelte Sturm. Hätte er bei mir um kurz vor fünf am Morgen geklingelt, hätte ich ihn vermutlich getötet. Darauf konnte ich jetzt aber keine Rücksicht nehmen. Ich brauchte Bibo. Um das Donnerwetter abzuschwächen, das mich bestimmt gleich erwarten würde, setzte ich mein strahlendstes Lächeln auf. Die Tür öffnete sich einen Spalt.

»Matze, sorry, dass ich dich so früh schon rausklingeln muss. Kannst du mir Bibo ...«, weiter kam ich nicht. Mein Unterkiefer klappte vollkommen eigenmächtig nach unten und ich starrte mit offenem Mund auf das Wesen in der Tür. *Barbie lebt!* schoss es mir durch den Kopf. Unfassbar! Gleich darauf stellte ich mir die Frage, wo sie denn all die Jahre meiner Kindheit gewesen war, als ich mir sehnsüchtig gewünscht hatte, sie würde in meine Straße ziehen und meine beste Freundin werden. Da stand sie vor mir. Große, perfekt geschminkte und strahlend blaue Augen blickten mich aus einem ebenso perfekt geschminkten Gesicht freundlich an. Ihre blonden langen Haare saßen so supergestylt, als käme sie gerade vom Friseur. Die Figur, die in einem schiefergrauen Businesskostüm steckte, war einfach nur makellos. Scheinbar endlos lange Beine mündeten in exakt zum Farbton des Kostüms passenden hohen Pumps. Das Bild einer erfolgreichen und wunderhübschen Frau. Ganz im Gegensatz zu meiner Seite der Tür, denn dort herrschte das Grauen. Am liebsten wäre ich im Boden versunken. Da stand ich, in meinem Minnie-Mouse-Jogginganzug, den Joggingschuhen und einem flauschigen, grünen Band im Haar. Dazu mit offenem Mund. Wie konnte es bitteschön jemand schaffen, morgens um fünf Uhr so perfekt auszusehen? Mein Gemütszustand wandelte sich von leicht vorwurfsvoll zu mordlüstern, als mir schließlich der Zusammenhang bewusst wurde. Eine fremde Frau in Matzes Wohnung? Morgens um fünf Uhr? Na, die Dame war offensichtlich nicht vor Mitternacht mit einem freundschaftlichen Kuss abgespeist und nach Hause geschickt worden. Sie war auch nicht der Typ Frau, neben der Matze unbeeindruckt seinen Laptop zur Hand nehmen konnte, um noch schnell eine Mail zu schreiben. Nein, das machte er nur mit mir, der schüchternen Nachbarin im Mausekostüm. Ich schämte mich in Grund und Boden. Barbie schien von meinem inneren Zwist nichts zu ahnen. Sie trat einen Schritt zur Seite und öffnete die Tür, so dass ich freie Sicht auf Matze hatte, der mit tief- und schiefsitzender Pyjamahose bekleidet langsam auf uns zukam.

»Ellie. Was machst du denn um diese Uhrzeit schon hier? Ist was passiert? Kann ich dir helfen?«

»Bibo. Bitte. Herbie streikt, muss Petra zum Flughafen bringen«, krächzte ich mit heiserer Stimme und wusste nicht, wo ich hinschauen sollte. Ohne weiter nachzufragen, reichte er mir die Autoschlüssel.

»Magst du nachher Brötchen mitbringen, wenn du mir Bibos Schlüssel zurückgibst? Dann können wir gemütlich zusammen frühstücken.«

Ich war so perplex, dass ich nur nicken konnte. Ich schnappte mir die Autoschlüssel und schlug schleunigst den Weg nach draußen ein. Wie in Trance startete ich den Wagen und fuhr wie ferngesteuert zu Petras Wohnung. Während der Fahrt kreisten meine Gedanken um die Frau in der Wohnung *meines* Nachbarn. So sahen also die Frauen aus, mit denen

Matze eine ganze Nacht verbrachte. Sie war ein Model oder so. Barbie hatte augenscheinlich bei ihm übernachtet und war morgens um fünf Uhr schon topgestylt. Und Matze? Er hatte offensichtlich kein schlechtes Gewissen, als ich ihn mit seinem Besuch erwischte. Wie dreist war das denn? Er kam locker flockig zur Wohnungstür und seine Hose hing noch auf halb acht. Wenigstens hatte er sich eine Hose angezogen! Empört schlug ich mit der Faust auf das Lenkrad. Das ging doch nicht! Was bildete sich Barbie eigentlich ein? Da wartete ich jahrelang auf ihr Erscheinen und dann krallte sie sich den einzigen Typen, den ich gut fand! Frechheit! Die konnte was erleben! Wenn ich vom Flughafen zurück war, dann … ja, was dann? Würde ich mich dann in eine stille Ecke verkriechen und erst einmal hemmungslos heulen? Oder würde ich die Axt aus dem Keller holen und Matzes Wohnung zu Kleinholz verarbeiten? Würde ich herausfinden, wo Barbie lebte und ihr einen Eimer grüne Farbe über ihr graues Business-Kostüm kippen? Ich war ratlos, wusste echt nicht, was ich machen oder wie ich reagieren sollte. Das war doch alles zum Mäusemelken! Mein Puls war auf einhundertachtzig, als Petra die Autotür aufriss.

»Guten Morgen, meine Liebe! Na, hat Herbie mal wieder gestreikt? Hi Ellie, hi Bibo!« Petra verstaute die Koffer im Kofferraum und auf dem Rücksitz, stieg ein, schlug die Tür des Wagens zu und tätschelte das Armaturenbrett. Es war schließlich nicht das erste Mal, dass Matze mir mit Bibo aushalf.

»Na, bist du bereit für die große Reise?«, versuchte ich zu scherzen und verzog meine Lippen zu einem verkrampften

Lächeln.

»Ach Ellie, ich kann dir sagen, ich habe die halbe Nacht nicht geschlafen. Gott, was bin ich so aufgeregt! Überleg dir das doch mal: Ich, ganz alleine auf Abenteuerreise!«, plapperte Petra munter drauf los. »Wusstest du, dass Neuseeland auch das Land der langen weißen Wolke genannt wird? Es ist das jüngste Land der Erde, weil erst vor etwa achthundert Jahren die ersten Maori dort siedelten.«

»Maori, toll«, erwiderte ich, obwohl meine Gedanken eher in Barbies Traumhaus festhingen.

»Ja, und in Gedenken an die Tradition der Maori wird sogar bei jedem Spiel der neuseeländischen Rugby-Mannschaft der *Haka*, also der Kriegstanz der Maori, aufgeführt!«

Kriegstanz – gutes Stichwort. Meine Augen verengten sich zu schmalen Schlitzen, als ich an Barbie und ihr tolles Outfit dachte. Für mich herrschte jetzt auch Krieg. Mein höchst persönlicher Krieg gegen Barbie. Von meinen boshaften Gedanken nichts ahnend, fuhr Petra munter weiter fort: »Ich freu mich schon so auf die ganzen Outdoor-Aktivitäten. Stell dir nur mal vor, ich beim Rafting, Bungeejumping, Paragliding oder Skydiving!«

Oh ja, mit Barbie würde ich auch mal zum Bungeejumping gehen. Allerdings würde ich ihr kein Seil um die Beine schnallen, ich würde sie ohne Sicherung von einer Klippe schubsen. Diese Teufelsbraut! Am Flughafen half ich Petra beim Ausladen der Koffer und drückte sie herzlich. Gut, dass sie nichts von meinen Mordgelüsten mitbekommen hatte.

»Mach's gut, Süße. Ich wünsche dir eine wundervolle Zeit in Neuseeland! Pass auf dich auf und melde dich, wenn du kannst.« Noch eine heftige Umarmung und schon war sie im Flughafengebäude verschwunden. Weg war sie. Da der Parkstreifen vor dem Abflugbereich ja nur dafür da war, die Reisenden zum Flughafen zu bringen, das Gepäck auszuladen und dann wieder weiterzufahren, sprang ich schnell ins Auto und fädelte mich mit lautem Gehupe in den Verkehr ein. Verrückt, was um diese Uhrzeit schon am Flughafen los war. Und alle fuhren wie Idioten. Möglicherweise war ich aber auch ein kleines bisschen aggressiv. Ich zeigte meinem Hintermann den Finger, den eigentlich keiner sehen will, und trat aufs Gas. Auf der Fahrt konnte ich meinen Gedanken freien Lauf lassen. Endlich keiner mehr, der pausenlos gut gelaunt plapperte. Also, nochmal ganz in Ruhe. Was war das denn vorhin? Oder besser, *wer* war das vorhin? Matze sah aber auch verdammt sexy aus in seiner Pyjamahose auf halb acht. Kurz grinste ich. Meine Libido war ein elender Verräter! Doch schnell holte mich die Empörung wieder ein. Wie sollte ich mich jetzt verhalten? Brötchen mitbringen und ihn zur Rede stellen? Oder die Schlüssel von Bibo in den Briefkasten werfen und nicht auf sein Klingeln reagieren? Aber das war ja auch blöd. Ich wollte durchaus wissen, wer sie war! Neugierde war der Katze Tod. Und ich wollte mit ihm frühstücken! Ich hielt also beim Bäcker und stapfte in meinem Gammeloutfit in den Laden. Denen war es egal, ob ich eine Frisur oder ein Vogelnest auf dem Kopf trug. Ganz im Gegensatz zu Matze und seiner Schönheitskönigin. Ich wollte Gift und Galle speien, aber die arme Verkäuferin konnte ja auch nichts dafür. Weder für Barbie noch für meinen desolaten Zustand.

* * *

Bibo stand seit fünfzehn Minuten wieder auf dem Parkplatz vor unserem kleinen Wohnblock. Fast genauso lange stand ich schon vor Matzes geschlossener Wohnungstür. Von Zeit zu Zeit hob ich unter Aufbringung all meines Mutes den Zeigefinger vor die Klingel, nur um ihn kurz darauf wieder sinken zu lassen. Ich traute mich einfach nicht, zu klingeln. Herr Müller aus dem zweiten Stock war mit seinen beiden Rauhaardackeln Django und Pepe zwischenzeitlich an mir vorbei nach unten gegangen. Jetzt kam er polternd wieder die Treppe hoch.

»Nur eine kurze Pipi-Runde«, bemerkte er schmunzelnd.

»Jetzt mach dich nicht lächerlich und klingle endlich an dieser verdammten Tür«, knurrte ich schon zum x-ten Mal und hob abermals den Zeigefinger in Richtung Klingel.

»Zu meiner Zeit hätte kein junges Mädel so lange alleine vor meiner Tür gestanden«, polterte Herr Müller, »das hätte ich aber schon längst zu mir ins Bettchen geholt! Ich war ein kleiner Schwerenöter. Mir konnte keine Frau widerstehen!« Genauer wollte ich es wirklich nicht wissen. Beherzt betätigte ich den Klingelknopf. Fast augenblicklich riss Matze die Tür auf.

»Da bist du ja! Komm rein, Ellie!«

Erleichtert ließ ich Herrn Müller mit seinen Erinnerungen an die gute alte Zeit alleine im Flur stehen und reichte Matze wortlos die Brötchentüte. Zielstrebig steuerte ich die Küche an, schenkte mir einen großen Humpen Kaffee aus der Kanne ein und setzte mich. Matze nippte an seinem Kaffee und lehnte sich gegen die Küchenzeile. Die Brötchen legte er samt Tüte in den Brötchenkorb. Schweigen. Ich wusste nicht, was ich sagen sollte. Matze schien sich pudelwohl in seiner Haut zu fühlen. Er grinste mich völlig entspannt an. Wie dreist war der denn? Hallo? Musste er mir seine offensichtlich sehr erfolgreiche letzte Nacht denn so offen aufs Brot schmieren?

»Hast du Petra gut zum Flughafen gebracht?«, fragte Matze, als könne er kein Wässerchen trüben. Ganz blöder Versuch.

»Wer war das?«, forderte ich in gereiztem Tonfall eine Erklärung ein und ignorierte mit voller Absicht seine Frage.

»Was meinst du mit: Wer war das? Wer war was? Der Mann im Treppenhaus? Das war Herr Müller, den kennst du doch. Und Django und Pepe.« Er zog die Stirn kraus, doch während er die Frage aussprach, schien er zu begreifen, wen ich meinte. Ein wissendes Grinsen machte sich auf seinem Gesicht breit. Matze lehnte sich gemütlich auf seinem Stuhl zurück und nahm im Zeitlupentempo einen Schluck aus seiner Kaffeetasse. »Ach, *sie* meinst du! Den blonden Engel mit den scharfen Kurven!«

Er war scheinbar extrem stolz auf seinen Fang. Aber ich wollte das doch alles nicht hören, verflixt nochmal! Ich wollte ihm sein doofes Grinsen aus dem Gesicht kratzen, obwohl ich doch genau genommen gar kein Recht hatte, auf Matze wütend zu sein. Wir waren ja weder zusammen noch hatten wir uns ewige Treue geschworen. Er konnte machen, was er wollte, und zwar mit wem er wollte. Matze lachte und setzte sich zu mir an den Tisch.

»Ihr kennt euch doch«, sagte er in verwundertem Tonfall.

»Nein. Ganz bestimmt nicht. Ich soll also wirklich raten, wer das war? Ich würde mal auf Barbie tippen, liege aber wahrscheinlich falsch.«

»Barbie, wie originell! Das muss ich mir merken. Das ist ein hervorragender Kosename.«

Matze sah mich aus zusammengekniffenen Augen abschätzend an, nickte kurz und trank dann langsam und gelassen einen weiteren Schluck aus seiner Tasse. Möge ihm der Schluck ruhig im Hals stecken bleiben, dachte ich, als er sich nach seiner kurzen Bedenkzeit einen Ruck gab, nach vorne lehnte und mir direkt in die Augen schaute. Ich starrte ihn an wie das Kaninchen die Schlange. Ich wusste nicht, wie ich auf seine Äußerungen reagieren sollte. Würde er sich gemeinsam mit ihr über mich amüsieren, wenn er sie *Barbie* nannte? Lachten sie dann beide über mich? Allein der Gedanke daran war demütigend!

»Ellie, es war sehr früh heute Morgen. Was genau hast du deiner Meinung nach gesehen?«

Jetzt reichte es, ich musste mich doch nicht von ihm veralbern lassen, oder?

»Ich war wach genug, um zu sehen, dass mir Barbie die Tür geöffnet hat und sie offensichtlich die Nacht bei dir verbracht hat.«

»Barbie, ganz klar«, nickte mir Matze grinsend zu. Kapierte er es echt nicht, oder hielt er mich für dämlich? Da saß ich schlecht frisiert und ungeschminkt in der Küche meines Traummannes, klammerte mich an meinem Kaffeepott fest, und kam mir vor wie im falschen Film. Das war alles zu viel! Ich versuchte krampfhaft zu verhindern, dass mir die Tränen in die Augen schossen. Jetzt bloß nicht auch noch losheulen. Flucht! Ja, das war das Einzige, das jetzt noch Sinn machte. Ich musste hier raus. Hektisch sprang ich auf, stieß den Tisch an, und die Tasse, die vor mir stand, kippte um. Der Kaffee floss über den ganzen Tisch. Reflexartig griff ich nach der umgefallenen Tasse und schnappte mit der anderen Hand nach der Brötchentüte, damit die Brötchen nicht nass wurden. Das war total blödsinnig. Hätte ich mal lieber nach Matzes Handy gegriffen, das jetzt inmitten der Kaffeepfütze lag. Also ließ ich die Brötchen schnell auf den Stuhl fallen und versuchte das Handy zu retten. Matze war zwischenzeitlich aufgesprungen und kam mir mit einem Spüllappen und einem Handtuch zu Hilfe. Durch das Chaos und die Hektik unterbrachen wir vorerst die vorangegangene Unterhaltung und betrieben zunächst Schadensbegrenzung. Das Handtuch war in Nullkommanichts milchkaffeebraun, aber wenigstens war der Kaffee nicht auch noch auf die Stuhlkissen gesuppt. Matze warf den Spüllappen zu Boden und wischte mit dem Fuß die letzten Flecken weg. Währenddessen tippte er wild auf seinem Handy herum.

»Wow, die Schutzhülle ist echt jeden Cent wert gewesen. Das Handy hat das unfreiwillige Kaffeebad unbeschadet überstanden.«

War das seine einzige Sorge? Im Gegensatz zu ihm war ich gedanklich schon wieder bei Barbie angelangt. Glück gehabt, dass wenigstens das Handy heil aus der Sache herauskam. Von mir konnte man das ja leider nicht behaupten. Ich hatte akuten Herzschmerz! Blöde Tränen! Die hatte ich doch eben noch im Griff gehabt. Ich atmete tief durch und kniff die Augen zusammen.

»Geht's?«, fragte Matze mich. Sein Mitleid konnte ich jetzt echt nicht gebrauchen. Diese einfache kleine Frage war aber wohl der Tropfen, der das Fass zum Überlaufen brachte. Während dicke Tränen meine Wangen herunterliefen, nahm ich meinen ursprünglichen Plan wieder auf und setzte meinen Weg fort, um die Küche endgültig zu verlassen. Ich wollte endlich nach Hause, aber Matze hielt mich am Arm fest. »Alles okay bei dir?«, fragte er überflüssigerweise.

Offensichtlich nicht, sonst würde ich ja nicht heulend vor dir stehen, du Vollidiot! Das wollte ich ihm gerne ins Gesicht brüllen, aber es kam nur ein kratziges »Ach, lass mich!« heraus. Männer konnten manchmal echt unsensibel sein. Merkte er denn nicht, dass es mir weh tat, ihn mit dieser Schl... zu sehen? Anstatt mich loszulassen, damit ich endlich fliehen konnte, drehte Matze mich vorsichtig um und nahm mich in den Arm. Mein Widerstand schmolz wie Eiscreme in der Sonne und ich ließ meinen Tränen freien Lauf. Matze wiegte mich wie ein kleines Kind. Nach ein paar Minuten, in denen er mich wortlos im Arm gehalten hatte, räusperte er sich. Die Situation war ihm sichtlich unangenehm. Er war sonst nicht der Typ, der vorsichtig um den heißen Brei tanzte.

»Ellie? Du weinst nicht wegen der Kaffeetasse, oder?«

Oh, ein Blitzmerker. Anstatt etwas zu antworten, lachte ich ein hörbar unechtes Lachen und versuchte mich aus seinen Armen zu winden. Diese Unterhaltung wollte ich nun wirklich nicht führen. Himmel, was war bloß los mit mir? So ein Weichei war ich doch sonst nicht? Ich drückte meine Hände gegen seine Brust und versuchte loszukommen, doch Matze hielt meine Handgelenke umklammert.

»Aua! Du tust mir weh! Lass mich sofort los, ich will jetzt gehen.«

»Ellie, hör mir bitte kurz zu«, bat Matze und ließ meine Handgelenke langsam los. Doch als ich zurücktrat und ganz offen zeigte, dass ich nicht gewillt war, auch nur noch eine weitere Minute in seiner Wohnung zu bleiben, packte er mich fest an den Oberarmen.

»Hör bitte auf, dich wie ein Kind aufzuführen und hör mir zu. Es tut mir leid, okay? Ich dachte wirklich, du hättest ihn erkannt. Und als mir eben klar wurde, dass das nicht der Fall war, hat mich wohl der Teufel geritten. Ich konnte ja nicht ahnen, dass dich das so aus der Bahn wirft. Es tut mir leid. Okay?«

Ach ja? Verarschen musste ich mich jetzt also auch noch lassen? Das war ja nun wirklich der Gipfel der Unverschämtheit.

»*Ihn*? Matze, ich habe Augen im Kopf! Da stand Barbie in ihrer vollen Pracht. Makellos und wunderschön. Sie hat offensichtlich die Nacht bei dir – oder sollte ich sagen *mit* dir? – verbracht und mir heute Morgen die Tür geöffnet. Ehrlich gesagt habe ich die ganze Zeit gehofft, dass sich zwischen uns mehr entwickelt als nur eine lockere Freundschaft. Aber scheinbar stehst du ja eher auf blonde Supertussis!«

So. Raus war es! Ich hatte mir dieses Geständnis zwar extrem anders ausgemalt, aber die Dinge waren nun einmal, wie sie waren. Und Matze? Der lachte. Was war denn jetzt bitte so lustig?

»Glaubst du wirklich, ein weibliches Wesen würde morgens um fünf Uhr und, sagen wir, nach einer recht aktiven Nacht derart perfekt aussehen? Ist das dein Ernst?«, schleuderte mir Matze zwischen zwei Lachflashs entgegen. Das schlug ja jetzt dem Fass den Boden aus. Einfach unfassbar. Ich machte den Mund auf, schnappte nach Luft und klappte ihn wieder zu, weil mir so kurzfristig nichts einfiel, das böse genug war, um es ihm an den Kopf zu werfen. Ich war also gut genug für langweilige Abende auf der Couch, aber wenn es zur Sache ging, wollte er unbedingt Barbie haben. Ich dampfte vor Wut aus den Ohren. Aber wütend zu sein war wunderbar, dann musste ich wenigstens nicht mehr heulen.

»Oh Mann. Wenn ich das Chris erzähle …«, kugelte sich Matze bald vor Lachen.

»Chris? Sag bloß, du und deine Kumpels, ihr habt da auch noch so ein Ranking laufen? Zehn Punkte für Barbie. Plus weitere drei Punkte, wenn sich die Langweilerin von nebenan drüber aufregt? Wie viele Punkte habe ich denn erhalten? Einen, null, minus fünf?«, spuckte ich ihm giftig entgegen. Doch Matze zog nur belustigt eine Augenbraue in die Höhe und hielt mein Gesicht mit beiden Händen fest, so dass ich gar nicht anders konnte, als ihm in die Augen zu sehen.

»Du bist süß.«

»Jetzt mach mal halblang, du …«

»Schhht. Ellie, halt den Mund und hör mir zu. Christian wird platzen vor Stolz. Chris, mein Bruder. Wir haben ihn bei Steffi und Andys Polterabend getroffen. Erinnerst du dich?«

Ich ließ mir Matzes Frage einige Sekunden durch den Kopf gehen. Allerdings gab es nur eine einzige richtige Reaktion auf diesen Blödsinn: »Hör auf, mich zu verarschen!«

Matze riss frustriert die Hände in die Luft.

»Komm schon, Ellie. Ja, damals hatte er Jeans und Turn-schuhe getragen. Das ändert aber nichts an der Tatsache, dass er Travestiekünstler ist und mindestens die Hälfte sei-ner Zeit als Barbie – wie du so schön sagst – herumläuft. Gerade in diesem Augenblick ist er wahrscheinlich schon auf der Messe und studiert die Choreografie für den Auftritt ein. Hotels sind während der Messe unbezahlbar. Er über-nachtet dann immer hier.« Matze seufzte und schob mich zurück auf den Küchenstuhl. »Aber eigentlich will ich über-haupt nicht über meinen Bruder diskutieren, sondern eher darüber, dass du gesagt hast, du hättest gehofft, dass sich aus unserer Freundschaft mehr entwickeln würde.« Dann ging er vor mir in die Hocke und starrte mich abwartend an.

Oh Mann! Ging es eigentlich noch peinlicher? Ich schaute verdutzt und blinzelte langsam wie eine Eule.

»Matze, ich weiß nicht, was ich sagen soll«, murmelte ich und zuckte kraftlos mit den Schultern. Ich hatte mich aufge-führt wie eine Furie, hatte ihm unverschämte Dinge an den Kopf geworfen und hätte ihm am liebsten die Augen ausge-kratzt. Alles wegen Barbie, seinem Bruder.

»Scheinbar sind wir beide ein bisschen blind. Bei unse-ren Fernsehabenden dachte ich immer, du würdest lieber den Film sehen, als mit mir … naja, und so ein Laptop kann wunderbar als Schutzschild dienen, um nicht versehentlich über jemanden herzufallen«, legte Matze die Karten auf den Tisch und grinste verschmitzt. »Kann es sein, dass du eben ein kleines bisschen eifersüchtig warst, liebe Ellie?«

Ich streckte ihm die Zunge raus.

»Ach, sei doch still. Das ist eine ganz natürliche und evolutionär bedingte Reaktion. Gegen Barbie hab ich einfach keine Chance!«

BARBIE DESSERT GANZ IN PINK

750 g Quark (40 % Fett)

1 Glas Schattenmorellen (gezuckert)

2 Handvoll Baiser

1 Vanilleschote

Zucker nach Belieben

1. Schattenmorellen abtropfen lassen und etwas Saft auffangen.

2. Den Saft mit dem Quark verrühren, bis er pink wird.

3. Die Vanilleschote ausschaben. Das Vanillemark, Zucker nach Belieben und die Schattenmorellen zur Quarkcreme geben und unterrühren.

4. Baiser zerbröseln und kurz vor dem Verzehr unterheben.

Yoga entspannt doch, oder?

»Nehmen Sie das jetzt als Warnschuss Ihres Körpers, liebe Frau Kreis, und achten Sie bitte in Zukunft etwas mehr auf die Signale, die Ihnen Ihr Körper sendet! Wenn Sie weiterhin zweihundert Prozent von ihm fordern, dann rächt sich das früher oder später. Lernen Sie bitte, ihre Kräfte einzuteilen und gönnen Sie sich und Ihrem Körper ein paar Pausen pro Woche.«

Der Blick meines Hausarztes war besorgt und ich verstand seine mahnenden Worte durchaus. Aber ein Blick in meinen übervollen Terminkalender machte mir schnell klar, dass das nicht ganz einfach werden würde. Wie stellte er sich das denn vor? Sollte ich meinen Chef oder die Kollegen hängen lassen? Gerade jetzt, wo ich einen so großen und für die Firma überaus wichtigen Auftrag an Land gezogen hatte? Eine Sechzig-bis-siebzig-StundenWoche war in meinem Job nun mal üblich. Als Karrierefrau und Führungskraft musste ich das einfach leisten. Schon allein aufgrund der Tatsache, dass ich mich als Frau in einer Männerdomäne behaupten musste. Mein Tag begann üblicherweise um fünf Uhr morgens. Wochenenden waren dazu da, die Arbeit vom Büro zu Hause nochmal durchzuarbeiten und Feiertage waren eher eine lästige Unterbrechung meines Jobs. Aber natürlich hatte Dr. Ernst Recht: Ich musste an mich denken. Sonst würden Müdigkeit, Kreislaufprobleme und ein leichter Tinnitus meine kleinsten Probleme sein. Klar kam das vom Stress, das wusste ich längst. Aber wie sollte ich den Stress denn abbauen?

Ich kontrollierte die Termine in meinem elektronischen Kalender, der automatisch sämtliche Einträge mit meinem Handy, meinem PC und dem Kalender meiner wirklich hervorragenden Sekretärin Frau Haller synchronisierte. Hervorragend? Ups. Hatte ich das wirklich gerade gesagt? Bei Frau Haller schwankten meine Gedanken immer zwischen *Mit Gold nicht aufzuwiegen!* und *Erstes Panzerbataillon im Zickenkrieg*. Plopp. Schon wieder sprang ein Feld mit einer Erinnerung für den kommenden Termin auf, und ich warf einen kurzen Blick auf die Uhr. Wie viel Zeit blieb mir noch für die Vorbereitung? Okay, nach dem Meeting hatte ich vielleicht zehn Minuten für ein schnelles Mittagessen, sofern wir mit der Tagesordnung zügig durchkämen. Ich schickte eine kurze Voicemail an Frau Haller, in der ich sie bat, mir eine Kleinigkeit zu Essen zu besorgen, und eilte meinem Meeting entgegen. Die mahnenden Worte von Dr. Ernst mussten jetzt warten.

Selbstverständlich war das Meeting nicht pünktlich fertig. Auf dem Weg zum nächsten Termin blieb mir gerade genug Zeit, um zwei Löffel voll Käse-Sahne-Nudeln hinunter zu schlingen. Kaum hatte ich mich von meinem Kunden verabschiedet, saß ich auch schon wieder an meinem Schreibtisch, um die Unterlagen für unser Büro in New York zu sichten und entsprechende Anweisungen zu diktieren. An Mittagessen war natürlich nicht zu denken. Wie so oft standen die leckeren Nudeln hinter meiner Tastatur und wurden kalt. Der Tag ging ebenso vollgepackt weiter, wie er begonnen hatte. Als ich spät am Abend das Bürogebäude verließ und zu meinem Auto lief, fielen mir die mahnenden Worte von Dr. Ernst wieder ein. Kopfschüttelnd ließ ich meinen heutigen Tag Revue passieren. Wann hätte ich denn da eine Pause machen sollen? Ich musste unbedingt mit meiner Sekretärin sprechen. Sie meinte es ja immer gut und war eine Meisterin im Jonglieren von Terminen, um alle Kunden zufrieden zu stellen. Viel länger konnte ich diesem Tempo aber nicht mehr standhalten, das war klar. Fest entschlossen die Sache nun anzupacken, diktierte ich auf dem Nachhauseweg ein paar Anweisungen bezüglich der kommenden Wochen für Frau Haller: Fünfzig bis sechzig Stunden Arbeitszeit pro Woche. Das musste genügen. Ich hoffte, dass sie das irgendwie umsetzen konnte.

Wie zu erwarten, konnte ich auch heute nicht einfach den Schalter auf Feierabend umlegen. Mein Kopf arbeitete weiter, auch wenn ich eigentlich schlafen sollte. Offensichtlich genügten Terminkürzungen nicht, um mir etwas Freiraum zu schaffen. Ich musste offensiv an meine Entspannung und den Stressabbau herangehen! Was kam da nur für mich in Frage? Es war gar nicht so einfach, etwas Entspannendes zu finden. Klar, früher wollten mich meine Freundinnen gerne zum Schwimmen, Jazztanz oder zum Pilates mitnehmen. Als ich aber immer wieder absagte und auch am Wochenende ständig über der Arbeit brütete, gaben sie es schließlich auf und fragten mich überhaupt nicht mehr. So schrumpfte mein Freundeskreis zusehends. Ach, wer brauchte schon Freundinnen, um sich zu entspannen? Allein ging das doch auch! Ich versuchte, die trüben Gedanken zu vertreiben und öffnete mir eine Flasche Rotwein. Prost! Mit dem Weinglas und meinem Tablet-PC ließ ich mich auf meiner Couch nieder. Eigentlich war ich hundemüde, weil es ein langer und anstrengender Tag gewesen war, aber ich wollte mich wenigstens noch entscheiden, wie ich mich in Zukunft entspannen würde. Beherzt gab ich bei einer Online-Suchmaschine den Begriff *Entspannung* ein. 20.600.000 Ergebnisse in 0,28 Sekunden. Also wenn ich da nichts Passendes fand, wo dann? Neben einer ausführlichen Erklärung zum Thema *Was ist Entspannung?*, wissenschaftlichen Abhandlungen über den Entspannungszustand und Praxistipps wie *Lernen Sie richtig zu relaxen*, stieß ich immer wieder auf eines: *Yoga*. Yoga hier, Yoga da. Yoga schien also sehr wichtig zu sein. Im Zusammenhang mit Entspannung wohl genau das Richtige. Also tippte ich *Yoga* in die Suchmaschine ein. 450.000.000 Ergebnisse in 0,21 Sekunden. Das konnte ja heiter werden. Offenbar stand mir eine lange Nacht bevor. Vielleicht sollte ich mir erstmal ein Buch zum Thema besorgen. Getreu nach dem Motto *Augen zu und durch,* gab ich auf der Seite eines großen Online-Buchhändlers den Begriff *Yoga* ein und wurde schnell fündig: Ein Ratgeber für Einsteiger und Fortgeschrittene. Das konnte doch nicht verkehrt sein! Zufrieden nippte ich an meinem Rotwein und klickte auf *kaufen*. Natürlich erstand ich die ebook-Version. Als erfolgreiche Geschäftsfrau hatte ich keine Zeit, auf die Lieferung eines Buches zu warten. Sekunden später wischten meine Finger eifrig über meinen Tablet-PC, um mir einen ersten Eindruck zu verschaffen. Okay, ziemlich wenig Bilder, dafür umso mehr Text.

Ich beschloss, gleich einen kleinen Versuch zu wagen und begann mit dem *Sonnengruß*. Laut meines neuen Ratgebers eine einfache und typische Aufwärmübung.

Schritt 1: Beide Hände vor den Brustkorb nehmen und ausatmen.
Okay, soweit kein Problem. Ich suchte einen geeigneten Abstellplatz für meinen Tablet-PC, damit ich während der Übung bequem weiterlesen konnte.

Schritt 2: Einatmen, dabei beide Arme nach oben strecken, Schultern und Schulterblätter zusammenführen, Po anspannen.
Etwas verkrampft hob ich die Arme. Beim Anspannen des Popos angekommen, merkte ich, dass ich ganz dringend wieder ausatmen sollte, um nicht ohnmächtig zu werden. Schnell las ich den dritten Punkt.

Schritt 3: Ausatmen, Oberkörper nach unten beugen und mit den Händen den Boden berühren.
Na endlich, da durfte ich also ausatmen. Aber hey, Moment! Mit den Händen den Boden berühren? Da fehlten ja noch zwanzig Zentimeter, bevor meine Fingerspitzen auch nur in die Nähe des Bodens kamen. Das musste wohl ein

Schreibfehler sein.

Schritt 4: Einatmen, dabei das linke Bein nach hinten strecken und den Fuß aufsetzen. Das rechte Bein strecken, Oberkörper aufrichten.

Als ich versuchte, während des Einatmens beide Beine von mir zu strecken und dabei krampfhaft mein Gleichgewicht zu halten, kamen mir erste Zweifel daran, ob Yoga denn wirklich das Richtige für mich war.

Schritt 5: Atem anhalten und auch das zweite Bein nach hinten stellen, die Arme sind durchgedrückt.

Ja wie jetzt? Wenn ich zwei Beine hinter mich stellte, dann war ich genau einen Schritt zurückgetreten und stand wieder in Ausgangsposition. Dafür musste ich jetzt den Atem anhalten? Lieber ganz schnell weiter lesen.

Schritt 6: Ausatmen, dabei Stirn und Brust den Boden berühren lassen.

Mein Atem entwich geräuschvoll. Gerade war ich einen Schritt zurückgetreten und nun sollte ich plötzlich nicht nur mit den Händen, sondern gleich mit Stirn und Brust den Boden berühren? Hatte da jemand ein paar Seiten übersprungen? Wie kam ich denn von meinem Schritt zurück jetzt auf einmal in die Waagerechte? Kein Übergang? Keine Erklärung? Naja, wenn schon. Der Rotwein hatte mich mutig gemacht und ich warf mich mit einem beherzten Platscher auf den Teppich. Gut, den Teil hätten wir also auch. Brust und Stirn berührten den Boden. Nämlich genau so lange, bis ich meinen Kopf heben musste, um weitere Anweisungen zu lesen.

Schritt 7: Einatmen, dabei den Oberkörper anheben.

Ah, ich durfte mal wieder atmen. Was sollte das denn jetzt heißen? Oberkörper anheben? Meine Arme fühlten sich an wie Pudding! Ich hatte keinerlei Kraft, um auch nur ansatzweise vom Boden wegzukommen. Irritiert schaute ich auf die Beschreibung. War das wirklich ein Buch für Einsteiger?

Schritt 8: Ausatmen und mit dem Becken hochkommen, die Ferse auf den Boden pressen, die Arme sind durchgedrückt.

Ich konnte mir selbst unter Aufbietung meiner ganzen Fantasie nicht vorstellen, wie ich meinen Hintern so hoch in die Luft hieven sollte, dass meine Fersen wieder den Boden berührten. Schließlich lag ich auf dem Bauch und meine Fersen ragten gen Himmel. Ich beschloss, erstmal weiterzulesen, vielleicht ergab sich die Lösung aus dem Folgetext.

Schritt 9: Einatmen, dabei den rechten Fuß nach vorne stellen, Arme vom Boden lösen und nach hinten strecken.

Halt! Wenn ich meinen Hintern vom Boden weg streckte, meinen rechten Fuß nach vorn stellte, die Arme vom Boden löste ... dann knallte ich doch volle Kanne kopfüber aufs Gesicht. So gut kannte ich doch meinen Körper, um zu wissen, dass das garantiert nicht gut ging. Das war ein ganz einfaches Gesetz und nannte sich Schwerkraft.

Schritt 10: Ausatmen und dabei auch mit dem linken Fuß nach vorne kommen, die Beine durchstrecken, die Hände auf dem Boden.

Da hatten wir wieder mein Problem vom Anfang. Nicht nur, dass ich ziemlich verkrümmt auf dem Boden kauerte und nicht einmal den rechten Fuß weit genug nach vorne bringen konnte, um mein Gewicht zu verlagern. Der linke Fuß wollte einfach nicht folgen! Wie denn auch? Und was jetzt? Entweder Beine durchstrecken oder Hände auf den Boden bringen. Beides ging nicht!

Schritt 11: Einatmen, beide Arme über den Kopf strecken.

Ich holte ausgiebig Luft. Mein Kopf war hochrot, wie mir mein Spiegelbild in der Glastür der Wohnzimmervitrine verriet. Durch das viele bewusste Ein- und Ausatmen war mir mittlerweile schwindelig geworden. So viel Sauerstoff war mein Körper offensichtlich nicht gewohnt. Okay, es konnte auch gut an dem zweiten Glas Rotwein liegen, das ich eben hastig hinuntergestürzt hatte. Zu viel Yoga brachte einen ganz schön außer Atem. Aber ich machte das ja nicht zum Spaß. Ich wollte ja was für mich tun.

Schritt 12: Ausatmen und beide Arme zur Hüfte führen, Sonnengruß wiederholen, dabei zuerst das rechte Bein nach hinten strecken. Übung insgesamt dreimal absolvieren, um die Muskeln aufzuwärmen.

Ungläubig starrte ich auf den Bildschirm. Das war jetzt ein Scherz, oder? Noch zweimal diese Übung wiederholen und ich wäre fix und fertig! Das konnte nicht Sinn und Zweck dieser Übung sein. Und warum Muskeln aufwärmen? Ich war bereits schweißgebadet und hatte eine angenehme

Bettschwere erreicht. Himmel! Heute Nacht würde ich bestimmt nicht über irgendwelche Projekte nachgrübeln und dadurch keinen Schlaf finden. Ich war vollkommen alle und beschloss, für heute genug Entspannung genossen zu haben. Nach einer ausgiebigen Dusche fiel ich ermattet ins Bett und schlief augenblicklich ein. Entspannte Yoga vielleicht doch?

Am nächsten Morgen wachte ich mit einem mörderischen Muskelkater auf. Dabei hatte ich mich doch nur entspannen wollen. So würden Yoga und ich bestimmt keine Freunde werden. Wenn ich mich entspannte, dann aber bitte ohne Muskelkater oder ähnlich unangenehme Nebenwirkungen. Einen Aus-Schalter für Stress gab es nicht, einen An-Schalter für Hektik offenbar schon. Bürotür auf, Hektik an. Ein Termin jagte den nächsten und ich kam – abgesehen von einem hastig in mich hineingestopften Croissant – wieder nicht zu einer richtigen Mittagspause. Wenigstens schaffte ich es, ein kurzes Gespräch mit Frau Haller zum Thema Terminplanung zu führen. Für die nächste Woche wollte sie versuchen, die Termine so zu legen, dass ich zwischendrin zumindest fünf Minuten Zeit haben würde, um kurz durchschnaufen zu können. Als ich ihr gestand, dass mein Arzt mir dringend geraten hatte, ab und an eine Pause einzulegen und mich zu entspannen, und dass ich deshalb zu Hause sogar erste Yogaübungen versucht hatte, sah sie mich besorgt an. Sie war eben doch eine treue Seele. Natürlich hatte sie bemerkt, dass ich mich zu sehr verausgabte, aber sie konnte ja nicht eigenmächtig meine Termine kürzen. Oder?

»Montagabend um 19 Uhr 30 habe ich Sie zu einem Yogaschnupperkurs eingetragen. Hier ist die Adresse!«

Ich starrte Frau Haller entsetzt an. Natürlich war dieser Termin bereits in einem leuchtenden Gelb in meinem Kalender eingetragen. Gelb bedeutete ab sofort: Ganz wichtig – Zeit für mich! Hey, das war ja sogar ein wöchentlicher Termin! Frau Haller schien meine Gedanken lesen zu können.

»Frau Kreis, was glauben Sie denn? Wenn ich die Termine nicht schon längst eingetragen hätte, dann wären Ihnen doch wieder ein paar Ausreden eingefallen, oder?«, grinste sie triumphierend. Und ich fühlte mich ertappt. Selbstverständlich hatten mir schon ein paar Ausreden auf der Zunge gelegen. Verdammt! Sie kannte mich eindeutig viel zu gut. Ich knirschte mit den Zähnen und wünschte mich oder sie auf eine einsame Insel. Klar hatte sie Recht. Außerdem musste ich wohl zu meinem Glück gezwungen werden. Da war der Yoga-Kurs ein prima Mittel. Aber musste das denn jetzt sofort sein? Nachdem Frau Haller das Zimmer verlassen hatte, starrte ich noch immer auf den Eintrag in meinem Kalender.

»Hehe, los, mach schon. Lösch den Termin!«, raunte mir der kleine Teufel zu, der auf meiner Schulter saß.

»Nein, bloß nicht. Du solltest Frau Haller dankbar sein«, meldete sich das Engelchen auf der anderen Seite.

»Dankbar?«, schaltete ich mich jetzt ein. »Dankbar dafür, dass ich in einem Raum voller schwitzender, fremder Menschen auf dem Boden liegend irgendwelche Übungen machen werde?«

»Die dir aber gut tun und dafür sorgen werden, dass du

noch viele weitere Geburtstage feiern kannst!«, entgegnete das Engelchen mit verschränkten Armen. Es schien etwas beleidigt zu sein. Ich war ganz und gar nicht überzeugt davon, dass es mir Spaß machen würde, wenn alle anderen Teilnehmer sich wie die Gummipuppen verbiegen, und nur ich – quasi geschmeidig, wie ein Einbauschrank – zur allgemeinen Erheiterung beitragen würde. Musste ich mir das wirklich antun und mich zum Gespött der Leute machen? Ja, man konnte sich auch anders die Laune verderben. Aber bestimmt nicht so gesundheitsförderlich.

* * *

Die Motivation, mit der ich meine Sporttasche packte, ließ zwar zu wünschen übrig, aber immerhin machte ich mich am Montagabend auf den Weg in den Yoga-Tempel. Schon vor der eigentlichen Übungsstunde musterte ich meine Mitstreiterinnen und Mitstreiter kritisch. Da hätten wir also Barbie, ein Victoria's Secret Model, ein Heidi Klum Double, Brad Pitt und mich. Na prima. Ich wartete schon darauf, dass jemand tuschelte oder lachte. Scheinbar war ich auf Krawall gebürstet, um meine Unsicherheit zu überspielen. Oder das Teufelchen auf meiner Schulter war involviert. Hätte ich die Wahl gehabt, wäre ich lieber ganz wo anders gewesen, aber mein Pflichtbewusstsein hatte gesiegt. Termin war Termin.

Eine junge Frau betrat den Raum und stellte sich in die Mitte, so dass alle Anwesenden sie gut sehen konnten. Sie machte das mit einer Selbstverständlichkeit, die uns sofort zeigte: Ich gehöre hier her! Das musste also unsere Yogalehrerin sein. Mit einem kurzen Räuspern erlangte sie unsere Aufmerksamkeit und die Gespräche ringsum verstummten.

»Schönen guten Abend. Vielen Dank, dass ihr euch heute Abend in unserem Yoga-Tempel eingefunden habt. Herzlich willkommen auch an unsere Schnupperer. Ich hoffe, euch gefällt eure erste Yogastunde. Wir duzen uns hier alle. Ist das für euch okay? Ich bin die Katja.«

Ich nickte stumm und nahm aus dem Augenwinkel wahr, dass einige andere es mir nachtaten. Aha, ich war also nicht alleine *die Neue* im Kurs.

»Wir beginnen gleich mit dem Sonnengruß. Ich bin in wenigen Augenblicken bei euch, will nur noch schnell eure Anwesenheit notieren.«

Wir begannen natürlich mit dem Sonnengruß. Da kannte ich mich ja schon hervorragend aus – dachte ich.

Barbie stand auf ihrer ausgerollten Yogamatte und presste ihre Hände vor der Brust zusammen. Dabei schnaufte sie so laut ein und aus, dass sie auch in einen Geburtsvorbereitungskurs gepasst hätte. Interessiert beobachtete ich, wie sich das Victoria's Secret Model direkt neben Barbie auf ihre eigene Matte stellte, leicht die Fingerspitzen aneinanderlegte und dabei fast andächtig und mit geschlossenen Augen ganz sanft einatmete und ebenso lautlos wieder ausatmete. Hm, eine Übung, zwei Ausführungen.

»Sag mal, atmest du? Ich hör ja gar nichts!«, fragte plötzlich Barbie und schubste das Model an. Die beiden gehörten offensichtlich zusammen, denn die Angesprochene lachte.

»Na, es kann ja nicht jeder schnaufen wie ein Walross!« Die beiden kicherten.

»Auf geht's! Wie ging es denn dann weiter?«, fragte Barbie und runzelte die Stirn.

»Arme hoch und einatmen«, kam ich den beiden zu Hilfe. »Zumindest stand das so in meinem Yogabuch«, ruderte ich dann etwas zurück. Schließlich wollte ich nicht wie Frau Neunmalklug rüberkommen.

»Stimmt!«, rief Barbie und führte die Arme über den Kopf.

»Und den Po anspannen!«, hörte ich die Stimme der Dame im mintgrünen T-Shirt, die sich zwischenzeitlich zu uns gesellt hatte. »Das stand nämlich so in meinem Buch. Ein Ratgeber für Einsteiger und Fortgeschrittene.«

»Huch, klingt genau nach meinem Fehlkauf. Ja, richtig. Po anspannen«, nickte ich, »dann die Hände zum Boden und ausatmen.«

»Stimmt, das war's, die Hände zum Boden. Dass ich nicht lache!«, klinkte sich nun auch der junge Mann mit dem Piercing in der Augenbraue in unser Gespräch ein und gesellte sich zu unserer kleinen Gruppe dazu, »bei mir haben höchstens zwanzig Zentimeter bis zum Boden gefehlt.« Er seufzte und zuckte dann kurz mit den Schultern.

»Na, das klingt wie ein Déjà-vu. Genau wie bei mir. Höchstens zwanzig Zentimeter!« Die Dame im mintgrünen T-Shirt zwinkerte mir verschwörerisch zu. »Ich hätte vor Wut das ach so tolle Buch am liebsten gleich in die Tonne geschmissen.«

»Da bin ich aber froh, dass ich nicht die Einzige bin, die mit einem schnell gekauften Yogabuch nicht zurechtgekommen ist«, gab auch ich zu und stimmte in das Gelächter der anderen mit ein. »Ich bin mal gespannt, wie die Stelle mit der

Stirn auf dem Boden richtig ausgeführt wird.«

»Die Stelle hat meine Katze erschreckt, weil ich mich da regelrecht habe fallen lassen. Ich sah bei meinem Versuch zu Hause keine andere Möglichkeit, um in die nächste Position zu gelangen.« In Erinnerung dieser Szene rieb sich Mr. Piercing unbewusst über die Stirn. »Dabei habe ich mir auch den Kopf am Fußboden angeschlagen, so voller Elan war ich. Naja, und dieser Aufprall war wohl etwas zu viel für Mimi. Sie ist aus dem Zimmer geflohen.« Ich spulte diese Szene vor meinem geistigen Auge ab. Schon kam mir mein eigener erster Versuch gar nicht mehr so kläglich vor. Die Schmerzen konnte ich dennoch gut nachempfinden.

Katja war mittlerweile mit ihrer Anwesenheitsliste fertig und begann nun damit, uns den Sonnengruß Schritt für Schritt zu zeigen. Tatsächlich hatte ich diesmal keine Mühe den Anweisungen und ihren Ausführungen zu folgen. Während ich mich so umblickte, entdeckte ich durchaus das ein oder andere Kilo zu viel auf den Rippen von Barbie und das Adjektiv *gelenkig* wäre mir bei den wenigsten sofort in den Sinn gekommen. Meine anfänglichen Bedenken, die sich zum einen nach meiner ersten Yoga-Einheit in Eigenregie aufgebaut hatten, und zum anderen die weiteren Teilnehmer des Kurses betrafen, verflogen langsam aber stetig. Barbie mit Hüftspeck konnte ich ertragen.

Zu meiner Überraschung konnte Yoga durchaus entspannend sein. Sanftes Dehnen der Muskulatur, bewusstes Atmen und volle Konzentration. Das hatte überhaupt nichts mit meinen abgehackten Übungen auf meinem Wohnzimmerteppich zu tun. Mit der richtigen Vorbereitung schaffte ich es sogar, dass meine Fingerspitzen fast den Boden berührten, als ich mich nach vorn über beugte. Faszinierend!

Die Stunde endete mit einer kleinen Übung, die auf dem Rücken liegend ausgeführt zu einer sehr angenehmen inneren Ruhe führte, und bei der ich tatsächlich bewusst meine Gedanken auf mich und meinen Körper lenken konnte. Keine Hektik, keine Arbeit, kein Stress. Nur ich, mein Körper und meine Atmung. In diese wohltuende Stille hinein flüsterte Barbie:

»Mädels! Jungs! Wie wäre es mit einem Gläschen Prosecco?«

Wie aus einem Munde antwortete der gesamte Kurs.

»Auf die Entspannung!«

PASTA MIT KÄSE-SAHNE-SOSSE

100 g Kräuterbutter

1 große Zwiebel

200 g Kochschinken

200 g (Kräuter)-Sahne-Schmelzkäse

200 ml süße Sahne

Salz

Pfeffer

Oregano

Eine Hand voll frische Kräuter nach Wunsch

1. Zwiebel und Schinken würfeln.

2. Die gewürfelte Zwiebel und den Schinken in der Kräuterbutter andünsten. Danach die Sahne dazugeben und erhitzen.

3. Den Schmelzkäse in der Sahne auflösen, mit den Gewürzen abschmecken und nochmals kurz aufkochen lassen. Die frischen Kräuter erst kurz vor dem Servieren dazugeben.

Dazu passen sehr gut grüne Bandnudeln.

Lieber entspannt als perfekt

Alles wird anders dieses Mal!

Dieses Jahr machte ich mir keinen Stress. Ich war jetzt fünfundvierzig Jahre alt, Mutter von zwei fast erwachsenen Kindern und seit circa zwanzig Jahren verheiratet. Mich warf so schnell nichts mehr aus dem Sattel und deshalb ging ich dieses Jahr alles gut koordiniert und geplant an. Das war sie also, meine To-do-Liste. Sah doch eigentlich gar nicht so erschreckend aus.

To do:
1. *Weihnachtsbäckerei*
2. *~~Geschenke~~*
3. *Neujahrspost*
4. *Baum schmücken (Stefanie)*
5. *Beleuchtung (Peter)*
6. *Weihnachtsgans (Michael)*
7. *~~Gardinen waschen~~*

Lächelnd rührte ich in meiner Tasse Weihnachtstee und zückte den Rotstift. Punkt zwei und Punkt sieben meiner Liste waren gestrichen. Meine Familie hatte es dieses Jahr endlich geschafft, einen Nicht-Angriffs-Pakt zu schließen. Wir schenkten uns nichts. Das würde uns sowohl die Rennerei vor Weihnachten als auch die Umtauscherei nach den Feiertagen ersparen. Gardinen waschen? Wer brauchte zu Weihnachten schon saubere Gardinen? Meine Schwiegermutter vielleicht, aber die war dieses Jahr glücklicherweise von meiner Schwägerin ins Allgäu eingeladen worden und würde erst im neuen Jahr zurückkommen. Alles ganz entspannt – easy! Ich streckte Zeige- und Mittelfinger zu einem angedeuteten Victoryzeichen in die Höhe.

Für den Vormittag standen also der Stollen, der Weihnachtslikör und die Butterplätzchen auf meiner Liste. Alles ganz einfach. Kein Problem. Gut koordiniert konnte man das doch prima parallel zubereiten. Ich suchte mir die Rezepte raus und legte sie nebeneinander auf den Küchentresen. Eine rote, eine blaue und eine gelbe Schüssel danebengestellt, so konnte doch wirklich nichts schief gehen. Rot für den Stollen, blau für den Likör – wie passend – und gelb für die Butterplätzchen. Ich krempelte die Ärmel hoch und klatschte voller Tatendrang in die Hände.

Mal sehen, was konnte denn zusammen abgewogen werden? Für Stollen und Butterplätzchen jeweils fünfhundert Gramm Mehl. Ich öffnete ein neues Päckchen Mehl. Fünfhundert Gramm Mehl in der roten Schüssel abgewogen, das restliche Päckchen einfach in die gelbe Schüssel geleert. Das mussten ja auch fünfhundert Gramm sein. Ich war ein

Genie! So konnte es weiter gehen. Als Nächstes kam der Zucker an die Reihe. Der Likör bekam dieses Mal auch etwas ab. Einhundertfünfzig Gramm Zucker für den Stollen, ab in die rote Schüssel. Zweihundert Gramm Zucker jeweils für Likör und Plätzchen. Abgewogen und in die Schüsseln damit. Das klappte ja prima. Backpulver nur beim Stollen, auch kein Problem. Die rote Schüssel füllte sich. Vanillezucker in alle drei Schüsseln. Ich riss alle drei Päckchen gleichzeitig auf. Eine meiner leichtesten Übungen! Sechs Eigelb mit dem Zucker schön schaumig schlagen. Das galt für den Likör. Ich warf in freudiger Erwartung auf die Leckereien den Mixer an.

Das Telefon klingelte. Suchend sah ich mich in der Küche um. Der Hörer musste hier irgendwo liegen.

»Hallo?«, meldete ich mich abwesend und studierte gleichzeitig das Rezept des Weihnachtslikörs.

»Er hat Schluss gemacht und ist mit seiner Putzfrau auf die Malediven verschwunden!«, heulte es aus dem Hörer. Fast hätte ich Tamaras Stimme nicht erkannt. Mein erster Gedanke war: Schade um die Putzfrau. Die war richtig gut! Unter heftigem Schluchzen ergänzte die Anruferin: »Er ist so ein Idiot, und ich habe ihm meine besten Jahre geschenkt!« Okay. Krisenstimmung bei meiner Freundin Tamara. Erneut wurde sie von einem Heulkrampf heimgesucht. Das hieß nichts Gutes. Musste sich Helmut für seinen Abgang ausgerechnet die Weihnachtszeit aussuchen? Innerlich stöhnte ich auf. Die von Tamara beklagten *besten Jahre* hatten gerade einmal vier Monate gedauert. Länger waren die beiden ja noch gar nicht zusammen gewesen. Tamara *mochte* es dramatisch und demnach *machte* sie es auch dramatisch. Ich klemmte mir den Hörer zwischen Ohrmuschel und Schulter und widmete mich wieder meinen Rezepten. Bei meiner Freundin Tamara waren solche Ausbrüche nichts Neues. Immer wieder spielte sich irgendein Drama ab. Ich mochte sie herzlich gern, aber es hätte genauso gut sein können, dass sie eine solche Heultirade vom Stapel ließ, weil sie diese Woche keinen Termin zur Maniküre mehr bekommen hatte. Die Ausmaße der Tränenflut wären ähnlich. Ich wusste ganz genau, dass sie am Ende unseres Telefonates schon die ersten Rachepläne geschmiedet oder mir gar den potenziellen Nachfolger Helmuts in schillernden Farben beschrieben haben würde. Es war schließlich nicht das erste Mal, dass wir so etwas gemeinsam durchstanden.

Ich ließ mich also nicht beirren und versuchte mich auf meine Rezepte zu konzentrieren. Zweihundertfünfzig Milliliter süße Sahne mit zweihundert Gramm Schokolade und einem Teelöffel löslichem Kaffee unter ständigem Rühren langsam erwärmen. Okay, Topf auf den Herd, alle Zutaten hinein und anschalten. Herd war ein gutes Stichwort: Ich stellte den Ofen schon mal auf 180°C Umluft – zum Vorheizen. Ich wog zweihundertfünfundzwanzig Gramm Butter für den Stollen und dreihundertfünfzig Gramm Butter für das Buttergebäck ab. Zwischen Ohr und Schulter plapperte es unermüdlich weiter. Ich bekam lang und breit erörtert, welche Niete Helmut eigentlich im Bett war, und dass seine Bestückung doch sehr zu wünschen übrig ließ. Hoffentlich bekam ich diese Bilder wieder aus dem Kopf! Kopfkino konnte Segen oder Fluch sein. Hatte ich vielleicht Plätzchenausstecher in Form von Zwergen? Während Tamara in Selbstmitleid schwelgte, durchforstete ich meine Küchenschränke nach Zutaten. Lebkuchengewürz zum Aromatisieren und Weinbrand, weil es dann noch weihnachtlicher schmeckte.

»Also, eigentlich bin ich ja viel zu gut für die Männerwelt!«

Viel zu gut? Warum das denn? »Hm-hm. Klar, Tamara.«

»Mit meinem fantastischen Äußeren und meiner kultivierten Art bin ich schließlich eine Bereicherung und ein Schmuckstück für jeden Mann.«

Schmuckstück. Aber nur, wenn man auf antiken Schmuck stand! »Hm-hm. Weiß ich doch, Süße.« War Alkohol hier vielleicht eine Lösung? Ich verdrehte die Augen, schnappte mir die Weinbrandflasche und steckte meine Nase wieder ins Rezept.

Für den Likör maß ich siebenhundert Milliliter Weinbrand ab. Und ab damit in die rote Schüssel. Ah! Falsch! Eigentlich musste der doch in die blaue! *Mist!*

»... schon beim ersten Date hätte ich das erkennen können ...«

Grübelnd stand ich da und starrte auf den Inhalt der roten Schüssel. Ich rechnete kurz hoch. Eigentlich kamen zum Stollen nur zwei Esslöffel Weinbrand. Zwei Esslöffel entsprachen dreißig Millilitern. In der Schüssel befanden sich jetzt siebenhundert Milliliter – wenn ich das Rezept von *einem* auf *vierundzwanzig* Stollen erweiterte, dann stimmte die Menge Alkohol wieder. *Vierundzwanzig Stollen?* Ich holte tief Luft. Ganz ruhig und durchatmen. Sollte ich jetzt tatsächlich noch elfeinhalb Kilogramm Mehl dazugeben? Zaghaft inspizierte ich den Vorratsschrank. Nein, das ging dann doch eindeutig zu weit.

Was sollte ich jetzt nur mit der gehaltvollen Weinbrand-zuckerpampe anstellen? So schnell fiel mir nichts ein. Zu-nächst mal zur Seite stellen, ich brauchte Platz zum Weiter-arbeiten. Die rote Schüssel war erstmal aus dem Rennen. Ich stellte sie auf den Küchentisch und ersetzte sie durch eine frische grüne Schüssel, in die ich – ich hatte ja nun schon Übung – Mehl, Backpulver und Zucker abmaß. Zwei Esslöffel voll Weinbrand klaute ich schnell aus der roten Schüssel. So. Die grüne Schüssel war nun quasi auf dem Stand von vor dem Unfall.

»Ausgerechnet auf die Malediven! Mit der Putzfrau!«, jam-merte Tamara immer noch ununterbrochen. »Jetzt kann ich nie mehr auf den Malediven Urlaub machen, weil ich ab so-fort immer daran denken muss, dass Helmut dort mit seiner Putzfrau war. Oh Goooott! Noch schlimmer! Es sind ja nicht nur die Malediven für mich gestorben. Himmel, diese Un-gerechtigkeit! Ich kann ja praktisch nie mehr in den Urlaub fliegen. Er hat mir alle schönen Orte dieser Welt versaut!«

»Hm-hm.«

»Ich muss ja jetzt quasi überall auf der Welt damit rech-nen, dass Helmut auch dort ist – mit seiner Putzfrau! Bei jedem Urlaub und zu jeder Zeit!«

Gut, dass Tamara überhaupt nicht zu Übertreibungen neig-te.

»Ach, es wäre ja viel besser gewesen, wenn ich ihm nie, nie, niemals begegnet wäre!«

Oh Tamara, das merkst du wirklich jetzt erst? Ein kurzer Heulkrampf unterbrach für einen Moment ihren Redefluss.

Das gab mir Gelegenheit, ohne ihre Stimme im Ohr, das Rezept zu inspizieren und die nächsten Schritte in Angriff zu nehmen. *Achduliebesbisschen – fast vergessen!* Es war Zeit, kurz die Sahneschokomasse auf dem Herd umzurühren. Gerade nochmal Glück gehabt. Die Masse wäre beinahe angebrannt. Stand im Rezept nicht *langsam* erwärmen? Ich drehte die Temperatur etwas zurück und murmelte vorsorglich ein weiteres »Hm-hm« in den Hörer. Ups, Tamara putzte sich gerade die Nase. Hm-hm war also gar nicht nötig gewesen. Naja – Macht der Gewohnheit.

»... und stell dir doch nur mal vor ...«

Aha, alles okay. Tamara legte schon wieder los, die Tränen waren für den Moment gestoppt.

Es klingelte an der Haustür.

»Mama, wir schrauben gerade den Baum fest!«, brüllte es aus dem Wohnzimmer.

Wie so oft schien ich die einzige Bewohnerin dieses Hauses zu sein, die eine Tür öffnen konnte. Ich stellte kurzerhand den Lautsprecher am Telefon an und legte den Hörer auf den Küchentresen, um zur Tür zu gehen.

»Ich hätte schon stutzig werden sollen, als Helmuts Mutter mich etwa drei Wochen nach unserem Kennenlernen zur Seite genommen hat, um mich nach meinem *finanziellen Hintergrund* auszufragen! Also, ich bitte dich. Welche Schwiegermutter in spe tut denn sowas? Dabei habe ich ernsthaft gedacht, *ich* hätte mit Helmut einen guten Fang gemacht.«

Vor der Tür stand Oma Kruse von nebenan. Oma Kruse war eine kleine, zierliche alte Dame und seit fast zehn Jahren Witwe. Ihr Haar war zart violett, ihre Wangen rosig und mit dem frechen Kurzhaarschnitt sah sie immer etwas verwegen aus. Fand ich zumindest. Für eine fünfundachtzigjährige Dame war sie erstaunlich flink auf den Beinen. Sie fuhr sogar jeden Samstag alleine mit dem Fahrrad zum Wochenmarkt. Da ihre Kinder und Enkel viel zu weit entfernt wohnten, um sie regelmäßig zu besuchen, hatten wir sie als unsere Omi adoptiert. Wenn sie sich einsam fühlte oder jemanden zum Erzählen brauchte, kam sie einfach vorbei.

Ich führte sie also an den Küchentisch. Lächelnd deutete ich auf den Telefonhörer, aus dem immer noch Tamaras Monolog tönte, und flüsterte:

»Meine Freundin Tamara. Nur noch zwei Minuten.«

Ich verdrehte die Augen und Oma Kruse erhob lachend den mahnenden Zeigefinger. Über Freundinnen lästerte man nicht. Das musste ich mir also von der größten Tratschtante der Nachbarschaft sagen lassen, soso.

»Natürlich gehe ich als gestärkte Frau aus dieser Beziehung. Da lasse ich mir doch von so einem Wicht und seiner Putzfrau nicht den Lebensmut nehmen. Ich habe sofort meinen Frisör angerufen und einen Termin vereinbart!«

Ich nahm also den Telefonhörer wieder in die Hand, stellte den Lautsprecher aus und murmelte ein weiteres »Hm-hm« in den Hörer.

»Meine Haare kommen ab! Ganz radikal! Und rot färben werde ich sie auch. Jawohl. Helmut steht doch so auf Rot. Da soll er mal sehen, was ihm mit mir entgeht! Dass er eine Traumfrau wie mich hat gehen lassen, das soll – ach was – das wird ihm leidtun ...«

Tamara hatte nicht mal gemerkt, dass ich sie zwischenzeitlich auf dem Küchentresen geparkt hatte.

»Hm-hm. Rot. Auch gut.«

Ich versorgte Oma Kruse mit dem Kräutertee, den sie so gerne trank, und gestikulierte mit ausladenden Handbewegungen, dass ich hoffentlich bald fertig telefoniert hätte. Die angekündigten zwei Minuten waren natürlich schon rum. Und neben Oma Kruse wartete natürlich auch meine Weihnachtsbäckerei. Omi machte eine beschwichtigende Geste mit der Hand, stellte sich am Radio den Volksmusiksender ein und fing an zu schunkeln. Sie war zumindest beschäftigt. Erleichtert wandte ich mich wieder meinen Rezepten zu.

»Ach, übrigens. Hab ich's schon erwähnt? Ich werde mich tätowieren lassen. Jawohl! Auf den Po! Nein, das wird kein null-acht-fünfzehn Arschgeweih. Sowas hat ja mittlerweile jeder, das ist sowas von out. Meins soll auf die linke Pobacke. Ich dachte an einen schönen Spruch, wie: Cor unde venis. Weißt du, was das heißt?«

»Zweihundertfünfzig Gramm Quark.«

Ups. Hatte ich das jetzt laut gesagt?

»Was? Nein! Das heißt: Herz, wohin gehst du? Und ich dachte, das ist ein Spruch, der so richtig tiefgründig ist und genau zu mir passt. Aber mal ehrlich, in der heutigen Zeit einen guten Tätowierer zu finden ...«

So achtete sie also auf meine Worte. Ich hätte ihr scheinbar auch was von Pest und Cholera erzählen können, wäre auch egal gewesen. Was stand als Nächstes in meinem Rezept?

Zweihundertfünfzig Gramm Quark in die grüne Schüssel, zwei Eier dazu, Zimt und Zitrone, zuletzt noch einhundert Gramm gehackte Schokolade und dann alles mit dem Mixer bearbeiten. Ich liebte dieses Rezept, weil man nicht warten musste, bis die Hefe aufging – oder eben nicht. Außerdem bekam man auch keine klebrigen Finger. Einfach alles in die Stollenform gekippt. Grüne Schüssel, du bist fertig! Ich schob die Stollenform in den vorgeheizten Backofen und stellte die Eieruhr. Prima. Mission Stollen fast erledigt. Oma Kruse schien Spaß zu haben, denn sie drehte die Musik gerade noch ein bisschen lauter.

»... schönes Feuerchen ...«

So langsam schmerzte mein Nacken, deshalb nahm ich den Hörer an das andere Ohr.

»Hm-hm Tamara, mach das ruhig«, murmelte ich. *Moment!* Feuerchen? »Wie bitte, Tamara? Was war das gerade? Nein, es ist keine gute Idee, Helmuts Wohnung in Brand zu stecken. Nein, die der Putzfrau bitte auch nicht. Sei bitte vernünftig!«

Ich nahm den Topf vom Herd und rührte vorsichtig die Zuckermasse aus der blauen Schüssel dazu. Ja, jetzt stimmten die siebenhundert Milliliter Weinbrand auch, die ich ebenfalls langsam in den Topf goss. Kurz probieren. Ich nahm einen kleinen Löffel der Schokocreme. Hm, und noch einen. Oh, ja, das schmeckte ja köstlich. Schokoladig, sahnig, zimtig, süß – mit einem Hauch von Weihnachten.

»Mama! Kannst du mal gucken kommen, ob das so gut ist?«

Scheinbar stand der Baum. Prima. Wieder ein Punkt weniger auf der To-do-Liste. Stefanie hatte sich zum Schmücken extra eine Freundin eingeladen. Ich war natürlich die uncoolste Mutter der Welt, weil ich auch in diesem Jahr schwarze Kugeln, Spinnen und Fledermäuse verboten hatte, egal wie *gruftig* sie waren. Aber damit musste und konnte ich wohl leben. Schließlich hatten wir Weihnachten und nicht Halloween. Außerdem war mir völlig egal, welche Mode in diesem Jahr beim Baumschmuck herrschte. Würde ich jedes Jahr auf den Modezug aufspringen, hätten wir bald keinen Platz mehr im Keller. Petrol, Knallbonbonrosa, Weiß, Pastelltöne, Orange ... War es denn schlimm, Weihnachten etwas traditioneller zu begehen? Ich wollte klassisch Gold und ich bekam klassisch Gold! Ich drückte auf den Lautsprecher, steckte den Hörer in meine hintere Hosentasche und warf einen Blick ins Wohnzimmer. Peter hantierte gerade mit der Lichterkette und die Mädchen standen auf der Leiter. Der Baum stand gerade und die ersten roten Kugeln hingen an den Ästen. Rot und Gold. Auch gut. Ich hob den Daumen in die Höhe und wollte mich schon wieder abwenden, als mein Sohn mit dem Stecker der Lichterkette wedelte, um mir zu zeigen, dass ich die Beleuchtung bitte auch absegnen sollte. Gleißendes Licht blendete mich und verwandelte das Wohnzimmer in einen Operationssaal.

»Peter!«, keuchte ich und überlegte blitzschnell, wo ich meine Sonnenbrille verstaut hatte. »Was, in Gottes Namen, ist das denn?«

»Das, liebe Mama, ist angewandte Physik! Durch die geschickte Veränderung der Widerstände, einen leistungsfähigeren Trafo und entsprechend stärkere Leuchtmittel kann ich dir aus jeder Lichterkette eine zehntausend Watt starke Stadionbeleuchtung machen!«

»Peter! Wenn du das nicht augenblicklich wieder rückgängig machst, kann ich aus deiner Schwester in wenigen Sekunden ein Einzelkind machen!« Ich sah uns schon alle mit Sonnenbrillen um den Christbaum sitzen. Das war nicht gerade eine gemütliche Vorstellung. Ich knirschte mit den Zähnen. Peter dimmte die Lichterkette auf ein normales Maß und zwinkerte mir zu.

»Alles cool, Mama. Reg dich ab!«

Ich atmete tief durch. Ich wollte es entspannt. Nicht perfekt. Alles war gut. Okay, die Lichterkette war gecheckt. Wieder ein Punkt auf der To-do-Liste, den ich abhaken konnte. Sehr schön. Grinsend ging ich zurück in die Küche und füllte den Likör in die Flaschen ab, die ich bereits am gestrigen Abend vorbereitet hatte. Er würde perfekt werden, wenn man ihn noch ein paar Stunden durchziehen ließ. Ein kurzer Blick auf Oma Kruse: Die Teetasse war noch halb gefüllt und Omi grinste wie mein Mann, wenn er glückselig und abgefüllt vom Vatertagsausflug mit seinen Jungs nach Hause kam. An dieser Front war also auch noch alles gut. Ich zog den Hörer aus der Tasche.

»Sorry, Peter hat mich gestört.«

»Jaja. Und wie ich schon sagte, hat Helmut ...«

Ich nahm den Hörer vom Ohr, starrte ihn kurz an und klemmte ihn dann wieder an die Schulter. Merkte Tamara denn wirklich gar nichts? Wie dem auch sei.

Die letzte Schüssel. Nicht nur das Telefongespräch mit Tamara, sondern auch meine Backkünste, näherten sich langsam aber sicher dem Finale. Zwei Eigelbe und ein Ei zum Teig geben, etwas Zitronenschale und Salz dazu und alles mit dem Knethaken rasch verkneten. Als ob Tamara sehen könnte, was ich gerade tat, zog sie gerade den Masseur ihres Fitnessstudios als Helmuts möglichen Nachfolger in Betracht. Wie passend. War der nicht fast zwanzig Jahre jünger als sie? In diesem Moment war das wohl völlig egal. Hauptsache Tamaras Ego hatte sich wieder aufgerichtet und strotzte nun vor Selbstbewusstsein.

»Ach klar! Jetzt verstehe ich auch, warum er immer so sanft massiert. Der will mich!«

Das war sein Job! Er war Masseur! »Hm-hm«, brummte ich ins Telefon.

»Ja, genau. Wenn ich es mir so recht überlege, dann ist unser Masseur meine allererste Wahl. Den muss ich mal genauer unter die Lupe nehmen.«

Der arme Kerl.

»Ich mache mich mal auf den Weg zum Fitnessstudio.«

Schön, dass ich mal wieder helfen konnte.

Als ich mich zu Oma Kruse umdrehte, erwischte ich sie dabei, wie sie sich mit dem Esslöffel aus der roten Schüssel bediente. Mit zittrigen Händen füllte sie den Inhalt der roten Schüssel – um es genau zu nehmen, den flüssigen Teil – nach und nach in ihre Teetasse um. Kein Wunder, dass Omi so gut drauf war! Ein Blick in die Schüssel bestätigte mir, dass sie wahrscheinlich schon ordentlich einen im Tee hatte. Im wahrsten Sinne des Wortes. Beseelt lächelnd stimmte sie in den Refrain des Liedes mit ein, der gerade aus dem Radio tönte: »... sierra madre del su ...« Und das am frühen Morgen. Prost Mahlzeit. Kaum hatte ich meine Freundin Tamara erfolgreich verarztet und nach einem eher einseitigen Gespräch den Hörer wieder aufgelegt, saß auch schon die nächste Herausforderung in meiner Küche. Oma Kruse, fünfundachtzig Jahre alt und sternhagelvoll. Ein Glück war sie so gut beieinander, da hatte ich keine ernsten Folgen dieser Alkoholverkostung zu befürchten. Krampfhaft überlegte ich, was ich mit Omi jetzt machen sollte. Das Beste war wohl, ich würde eine kurze Backpause einlegen und mich einen Augenblick zu ihr gesellen. Aber vorher würde ich noch schnell im Arbeitszimmer den Drucker anschmeißen. Die Neujahrskarten für unsere Freunde und Bekannten hatte ich ja schon letzte Woche gekauft und vorbereitet, die Adressenliste war abgespeichert, ich musste also nur auf Drucken klicken. Ein Hoch auf meine To-do-Liste! Ich hechtete also die Treppe hoch, weckte den Computer aus seinem Tiefschlaf und öffnete das Schreibprogramm. Alles markieren, Rechtsklick und drucken. Der Drucker ratterte, prüfte die Tintenstände, ratterte wieder – und ein Fenster auf dem Bildschirm öffnete sich: *Bitte Tintenstände kontrollieren*. Ich öffnete die Klappe und schloss sie wieder. So ließ sich der Drucker in neun von zehn Fällen austricksen und druckte dann trotzdem. War natürlich klar, dass das heute so nicht klappte. *Tintenpatrone schwarz ersetzen*, verlangte der Drucker jetzt schon deutlicher. Wenn ich eines gelernt hatte, dann, dass man sich besser nicht mit einem Drucker anlegte. Man zog ohnehin den Kürzeren. Seufzend öffnete ich die Schublade, in der sich die Ersatzpatronen befanden. Zwei Gelbe, eine Blaue, eine Rote – und *keine* Schwarze! Ich verfluchte innerlich meinen Mann und meine Kinder. Irgendjemand hatte die letzte Patrone eingesetzt, ohne Bescheid zu sagen, dass eine neue gekauft werden musste, und dieser jemand war ganz bestimmt nicht ich. Ich schlug die Klappe des Druckers wieder zu. Er ratterte, prüfte sein System, ratterte wieder und teilte mir dann mit: *Keine neue Patrone gefunden.*

»Ach, du auch nicht? Dann sind wir schon zu zweit.«

Na toll. Es stand auf meiner To-do-Liste, also machte ich das heute. Seufzend holte ich also den guten alten Füller, alle fünfzig Umschläge, die Briefmarken und mein Adressbuch aus der Schublade und ging wieder nach unten.

»Du hast mich tausend Mal belogen ...«, trällerte Oma Kruse mittlerweile gemeinsam mit Andrea Berg durch die Küche. Hatte sie das Radio nochmal lauter gedreht? Zu jedem Lied, das im Radio lief, wusste Omi eine neue Geschichte zu erzählen. Sie kam vom Hölzchen aufs Stöckchen und ich setzte mich neben sie und begann zu schreiben.

»Was hast du denn mit der angestellt?« Michael lehnte im Türrahmen und konnte sich nur mit Mühe das Lachen verbeißen. Ich winkte ab, er hätte es mir sowieso nicht geglaubt.

»I sing a Liad für di und dann fragst du mi ...«, Oma lief zur Höchstform auf und winkte Michael an ihre Seite. Der setzte sich gut gelaunt neben sie und schenkte sich eine Tasse Tee ein. Oma Kruse goss ihm einen Löffel Alkohol aus der roten Schüssel dazu und hakte sich bei meinem Mann zum Schunkeln unter. Ich leckte die letzte Briefmarke an, verfluchte dabei die Post zum allerletzten Mal dafür, dass sie keine selbstklebenden Marken mehr vorrätig hatten und ich stattdessen auf Schleckmarken zurückgreifen musste, und schob den Stapel Post in die Mitte des Tisches. Michael zog eine Augenbraue hoch.

»Siehst du, ich wollte erst noch die neue Patrone einsetzen. Die liegt noch im Kofferraum. Aber du hast ja den Drucker gar nicht gebraucht.«

Mein Mann hatte Glück, dass ich weder Brieföffner noch Schere zur Hand hatte, sonst hätte ich Weihnachten dieses Jahr als Witwe verbracht! Nein. Wie lautete mein neues Motto so schön? Lieber entspannt als perfekt. Außerdem war es jetzt nicht mehr zu ändern, die Umschläge waren geschrieben und die Zeit hätte mir auch keiner mehr zurückgebracht, egal wie sehr ich mich aufregte. So konnten sich unsere Familie und Freunde dieses Jahr wenigstens über besonders liebevoll gestaltete Karten freuen. Wer brauchte schon eine perfekte To-do-Liste, wenn ein Nachmittag so fröhlich verlaufen konnte? Die Plätzchen konnte ich auch nachher noch backen. Bald schon schrillte die Eieruhr. Ich holte den Stollen aus dem Ofen. Anstatt ihn einzupacken und wie geplant für die Feiertage aufzuheben, genossen wir ihn dampfend und frisch. Einfach mit allen Sinnen genießen, denn das Leben war viel zu kurz und unvorhersehbar, um Genüsse für die Zukunft aufzusparen.

Am frühen Nachmittag hatte ich die Küche wieder für mich alleine. Stefanie war mit ihrer Freundin auf eine Vorweihnachtsfeier abgezischt, Peter hatte sich in die virtuellen Welten seiner Computerspiele verabschiedet und Oma Kruse war zur nächsten Nachbarin weitergezogen. Ich machte mich ans Plätzchenausstechen und bereitete anschließend die Knödel und das Rotkraut für unser Weihnachtsessen vor. Ich freute mich schon richtig auf die Gans. Vor allem, weil ich diese ehrenvolle Aufgabe in diesem Jahr an meinen

Mann abgetreten hatte. Wieder ein Punkt auf meiner To-do-Liste, den ich nur noch abhaken brauchte, wenn man die Diskussion über die Biobauern im Vorfeld außer Acht ließ. *Biologisch kommt aus dem Lateinischen und bedeutet: Kostet das Doppelte!* war sein Kommentar. Selbstverständlich hatte er recht. Aber Weihnachten war das Fest der Liebe, und wenn ich die Gans schon aufaß, dann wollte ich wenigstens eine, die vorher ein nettes Leben gehabt hatte. Punkt.

»Schatz. Die Gans hätten wir vorbestellen müssen. Ich hab doch eine im Supermarkt gekauft.«

War ja klar. Es war ja nicht so, als hätte ich ihm diese Aufgabe erst gestern übertragen. Er hatte also auf keinen Fall Zeit gehabt, die Gans vorzubestellen. Mein Fehler. Die Stimme in meinem Kopf hatte einen beißend ironischen Unterton. Ich atmete tief durch. Gans war Gans, dachte ich, doch als Michael mit diesem runden Klumpen in die Küche kam, klappte mir die Kinnlade runter und ich schnappte hektisch nach Luft.

»Gefroren? Eine frische Gans braucht ja schon Stunden im Ofen. Wann willst du das Ding denn auftauen?«

»Auftauen?«, hauchte er leise und ließ sich langsam auf den Küchenstuhl gleiten. »Kann die nicht einfach so in den Ofen?«

Warum hatte ich nur fast schon mit so etwas gerechnet?

»Naja, wenn du die Plastiktüte mit den Innereien mitbrutzeln willst, dann kannst du es ja mal versuchen.«

Der Gesichtsausdruck meines Mannes hatte sich mittlerweile von überrascht zu entsetzt bis hin zu verzweifelt gewandelt. Diesen Blick würde ich so schnell nicht wieder vergessen. Er auch nicht, denn wenn ich schon in diesem Jahr zu Weihnachten keine Gans bekam, wollte ich mich wenigstens noch ein Weilchen länger an seinem Unbehagen weiden. Ich lehnte mich also an den Küchentresen und sah meinem Mann zu, wie er sich unter meinen Blicken wand. Innerlich hatte ich längst mit der Gans abgeschlossen. Letztendlich zuckte ich mit den Schultern und grinste ihn an.

»Dann essen wir heute halt Wiener Würstchen und die Gans kriegt eine Galgenfrist bis Silvester.«

Michael nickte. Er trug leise die Gans in den Keller, vermutlich um sein Glück nicht zu überstrapazieren und nicht doch noch eine Schimpftirade abzubekommen. Er hatte schließlich keine Ahnung, dass ich meinem Motto treu bleiben wollte. Auf ein Neues: Lieber entspannt als perfekt.

Am Abend saß tatsächlich die ganze Familie gemeinsam am Esstisch, vollgestopft mit Wiener Würstchen, Rotkohl, Plätzchen und einem – oder auch ein paar mehr – Schluck Likör. Ich begleitete meine Familie zum Christbaum ins Wohnzimmer, schaltete die Weihnachts-CD an und drückte jedem ein Liederheft in die Hand. Für alle Fälle. Die heutige Jugend kannte sich eher mit *Jingle Bells* als mit *Oh du Fröhliche* aus. Als Peter den Stecker der Baumbeleuchtung in die Steckdose steckte, hielt ich mir vorsichtshalber die Augen zu. Auch nur für alle Fälle. Aber der Dimmer war noch richtig eingestellt und der Baum glänzte und strahlte. Es war einfach wunderbar! Ich ging eine Runde um den Baum, nahm mir eine Zuckerstange und betrachtete die großen goldenen Kugeln. Was war das? Totenköpfe? Goldene Totenköpfe? Das konnte nur Stefanie gewesen sein, diese kleine Hexe! Und ich dachte, sie wäre die Gute in der Familie. Ich grinste sie an und sie grinste zurück. Wir wussten beide, dass ich die Totenköpfe bemerkt hatte, und dass wir darüber noch ein Wörtchen reden würden. Aber nicht heute, denn heute war Heiligabend, und den wollte ich lieber entspannt, als perfekt verbringen.

Dieser neue Zug an mir, den meine Familie während der gesamten Weihnachtszeit beobachtet hatte, gefiel ihnen offensichtlich gut. Mein Mann nahm mich herzlich in den Arm und drückte mich.

»Womit habe ich nur so eine wunderbare Frau wie dich verdient?«

War es nicht schön, wenn ein Mann nach fast zwanzig Ehejahren noch sowas sagte? Ich hob mein Glas Weihnachtslikör, prostete meinem Mann und den Kindern zu und zitierte einen Spruch von Albert Einstein:

Wenn's alte Jahr erfreulich war,
dann freue Dich auch aufs Neue.
Und war es schlecht,
dann erst recht.

Frohe Weihnachten!

SCHOKO-QUARK-STOLLEN

500 g Mehl

1 Päckchen Backpulver

150 g Zucker

2 Esslöffel Rum

1 Päckchen Vanillezucker

2 Eier

250 g Quark 20% Fett

225 g Butter oder Margarine

1 Teelöffel Lebkuchengewürz

1 Teelöffel Zimt

1 Päckchen Zitronenaroma

1 Prise Salz

100 g Schokotröpfchen oder Raspelschokolade

Puderzucker zum Bestäuben

1. Alle Zutaten in der Küchenmaschine oder mit dem Handmixer zu einem Teig verarbeiten. Ab mit dem Teig in die gefettete Stollenform.

2. Bei 150 °C Umluft ca. 50 - 60 Minuten backen.

3. Nach dem Abkühlen mit Puderzucker bestäuben.

Normalerweise sollte der Stollen ungefähr 2 Wochen in Alufolie ziehen. Das habe ich leider noch nie geschafft. Er war immer innerhalb einer Woche weggeputzt. :-)

WEIHNACHTEN BEI IKEA

Heute war Heiligabend.

Jeder kannte wohl das Gefühl, wenn man alles erledigt hatte und einfach machen konnte, was man wollte. Oder nicht?

Kleiner Scherz. Ich normalerweise auch nicht! Da machen wir uns nichts vor.

Aber am Abend vor Weihnachten musste alles fertig sein. Mit Betonung auf *musste*! Ich klopfte mir in Gedanken auf die Schulter, denn ich hatte es mal wieder geschafft. Alle Geschenke waren gekauft, hübsch verpackt und das Essen war längst vorbereitet. Ich hatte tatsächlich Zeit, um zu machen, was mir Spaß machte. Möglicherweise definierten die meisten Menschen *Spaß* anders als ich, aber schließlich waren viele Dinge im Leben relativ. *Ich* fuhr jedenfalls zu IKEA! Ja, richtig: zu IKEA. An Heiligabend. Morgens. Kaffee trinken und Menschen beobachten. Vielleicht noch das eine oder andere Schnäppchen machen, aber das war nebensächlich – ich brauchte ja nichts. Selbstverständlich konnte man sich bei IKEA so manch schöne Dekorationsidee holen. Ideen wohl gemerkt, nicht unbedingt die Utensilien.

Niemand zwang mich dazu, unbedingt einen Plastiktürkranz aufzuhängen, wenn ich doch schon längst einen herrlich duftenden und wesentlich prachtvolleren Kranz aus echtem Tannengrün, großen Schleifen und farblich passenden Kugeln gebunden und an meine Tür gehängt hatte. Geklaute Idee, eigene Handarbeit. Und genau das war auch der Grund, weshalb ich völlig entspannt und voller weihnachtlicher Vorfreude diesem Vormittag entgegenblickte. Alles war fertig und bereit.

Ich fuhr also ganz gemütlich mit dem Auto auf den Parkplatz. Ich musste mich nicht in die erste Reihe drängeln und mich mit den *Parkplatz-direkt-am-Eingang-Jägern* streiten. Ich stellte mein Auto ganz weit abseits ab, dort, wo nach den Feiertagen der Knut-Container für die vertrockneten Weihnachtsbäume stehen würde. Das hatte den Vorteil, dass ich weder knapp eingeparkt werden würde, noch lief ich Gefahr, später Kratzer an meinem Auto zu finden. Die paar Meter zu Fuß taten mir auch ganz gut. Das Wetter war freundlich und für einen Tag im Dezember außergewöhnlich mild.

Schon von weitem sah ich, dass ich noch pünktlich zum Frühstücksschauspiel kam. Steven Spielberg hätte sich für sein nächstes Drama hiervon eine Scheibe abschneiden können. Alles war minutiös durchchoreographiert und geskriptet:

Das Durchschnittsalter der Wartenden in der ersten Reihe vor der verschlossenen Eingangstür lag bei achtundsechzig oder älter, und selbst *Rambo* in voller Kampfausrüstung würde nicht an diesen Rentnern vorbeikommen, um sich vor ihnen an die Pforte zu stellen. Die Türen öffneten sich nicht von Zauberhand. Nein! Eine IKEA-Mitarbeiterin schloss die Verriegelung an der Unterseite der Tür auf. Ich begann, leise von zehn abwärts zu zählen. Sie hatte ungefähr drei Sekunden Zeit, um zur Seite zu springen und nicht von den hereinstürmenden Rentnern im Frühstücksfieber überrannt zu werden. Weder auf der Treppe zum ersten Stock, noch im Restaurant, wurden Freundschaften geschlossen oder gar Höflichkeiten ausgetauscht. Langsame Zeitgenossen wurden gnadenlos überholt, geradezu überrollt. Egal wie groß das Zipperlein – auf der Zielgeraden zum Frühstücksglück waren alle Schmerzen vergessen. Was zählte, war einzig und allein der Allererste im Restaurant und am Büffet zu sein.

Höchstwahrscheinlich machte dieses Spektakel nur Spaß, wenn man sich in sicherer Entfernung zur Treppe befand und alles mit einem Schmunzeln auf den Lippen beobachten konnte. Dieses Stürmer-Phänomen konnte man übrigens unabhängig von der Jahreszeit auch an anderen Tagen beobachten. Ich wartete geduldig, bis sich die Treppe etwas geleert hatte, dann trat schließlich auch ich den Weg ins Restaurant an.

Ich wollte gar kein Frühstück. Nur einen Kaffee. Daher schlängelte ich mich ohne Tablett an der Reihe der Wartenden vorbei, was mir natürlich empörte Aufschreie einbrachte. Gerade jene Rentner, die beim Frühstücks-Run auf der Treppe bereits ihre erste Niederlage einstecken mussten, versuchten nun ihr angeknackstes Ego mit lautstarken Unmutsbekundungen wieder etwas aufzuwerten. *Vordrängler* war wohl noch das Sanfteste, was man mir bei IKEA in den letzten Jahren an den Kopf geworfen hatte.

»Sie meine wohl aach, dass Sie des ned nödisch hädde, sich emol hinne ozustelle, odder?«, pflaumte mich da auch schon ein Ruheständler in breitestem Hessisch an. Zwei Damen in handgearbeiteten Strickjacken verschränkten vorwurfsvoll die Arme vor dem Körper und nickten dem Wortführer beipflichtend zu.

»Ich brauche nichts zahlen, halte also keine Kassiererin auf. Ich trinke nur einen Gratis-Kaffee«, versuchte ich die Gemüter zu beruhigen. Man hätte schließlich annehmen können, sparsame Rentner seien mit den Vorzügen der IKEA-Family-Card vertraut.

»Ach, auch noch eine kleine Schmarotzerin!«, betitulierte mich prompt ein Herr mit Schnauzbart. Ich holte tief Luft, um diesem Herrn, der sich hinter den beiden Damen wegduckte, ja geradezu verschanzte, eine passende Antwort zu geben, schluckte dann aber meine Schimpftirade hinunter. Nein, dem Typen würde ich jetzt nicht antworten. Ich ließ mir von diesem Menschen doch nicht meinen lang herbeigesehnten Morgen des Heiligabend verderben. Ich wusste ja, dass diese ganzen Ausrufe die Folgen des Zustands höchster Anspannung und absoluten Stresses waren. Ich ließ ihn also einfach stehen und schnappte mir aus dem Regal direkt vor der Kasse eine Tasse, zückte meine Family-Card und ging lächelnd weiter zum Kaffeeautomaten. Mit dampfendem und duftendem Kaffee in der Hand machte ich mich auf die Suche nach einem freien Platz und wurde in der Nähe des Eingangs fündig. Glücklich und amüsiert ließ ich mich in den Sessel plumpsen und betrachtete grinsend das Treiben um mich herum.

Mittlerweile dürfte meine Definition von *Spaß* klar geworden sein. Genau das trieb mich am Vormittag des Heiligabend zu IKEA. Die Show, die mir hier geboten wurde, war besser als jeder Kinofilm. Hier spielten sich Dramen ab! Paare tauchten wenige Stunden vor Weihnachten nochmals in die tiefsten Abgründe ihrer doch nicht ganz perfekten Beziehungen ab und schleuderten sich Vorwürfe an den Kopf, die ich das ganze Jahr über in dieser Form nirgendwo gehört hatte. Frauen waren da wie Elefanten, sie vergaßen einfach nichts und zogen die offengelassene Zahnpastatube, den vergessenen Geburtstag oder den sonst so feinsäuberlich unterdrückten Zorn auf die Schwiegermutter pünktlich zum IKEA-Besuch aus der sprichwörtlichen untersten Schublade. Eltern, die eigentlich auf den letzten Drücker nur noch schnell die neue Kinderzimmereinrichtung holen wollten, debattierten verzweifelt mit nörgelnden, aufgedrehten Vierjährigen, die lieber das zweistöckige *Tundamaar* mit Rutsche statt des praktischen *Swönskör* haben wollten. Natürlich durfte auch ein neues Stofftier mit sinnigem schwedischen Namen nicht fehlen, welches sich die Eltern hätten sparen können, hätten sie den nervigen Nachwuchs heute Vormittag bei den Großeltern geparkt. Wahrscheinlich hatten aber auch die Großeltern keine Lust, sich bereits am Vormittag mit den ungezogenen Gören zu befassen, wenn sie diese schon den ganzen Abend lang ertragen mussten.

Kurz gesagt: Besser als Kino! Und das ganz umsonst. Fehlte nur noch das Popcorn.

IKEA hatte ganz offenkundig ein hervorragendes Marketing-Team. Mal abgesehen von all den unaussprechlichen

Namen der Möbel, hatte sich dieses Team durchaus etwas dabei gedacht, das Restaurant regelmäßig eine halbe Stunde vor dem Möbelhaus zu öffnen. Da saß der Geldbeutel der Kunden noch locker und die Zeit bis zur Öffnung des Einrichtungshauses verging wie im Flug. Auch für mich, schließlich hatte ich genug Ablenkung. Die Gruppe Pensionäre verstaute die Reste ihres Frühstücks in mitgebrachten Plastikdosen. Profis also. Die kamen offenbar regelmäßig zum Frühstück her. Kein Wunder, dass sie auf der Treppe solch ein Tempo vorlegen konnten, sie hatten ja Übung. Auch eine Gruppe junge Mütter schien sich öfter hier zu treffen. Ihre Ausrüstung, die das von IKEA zur Verfügung gestellte Babygeschirr perfekt ergänzte, und die routinierten Griffe, mit denen sie sich zielsicher an der Babystation bedienten, ließen auf monatelange Erfahrung schließen. Klar! Hier trafen Spielzeug, ein abgegrenzter Bereich für die Kids und zahlreiche andere Mütter zum Quatschen aufeinander – was gab es denn Besseres?

Die Durchsage ertönte. IKEA begrüßte seine Mitarbeiterinnen und Mitarbeiter sowie die Einkäuferinnen und Einkäufer. Natürlich korrekt mit weiblicher und männlicher Ansprache. Dann öffneten die Mitarbeiter die gelb-schwarzen Absperrbänder. Der Run auf Servietten, Geschirr, Deko-Schnickschnack, Badeutensilien, Wohnzimmereinrichtungen, Bettbezüge oder was man sonst noch ganz unbedingt vor Heiligabend besorgen musste, konnte also beginnen. Ich schluckte die letzten Tropfen meines zweiten Kaffees hinunter und stelle die Tasse auf den Geschirrwagen. Handtasche über die Schulter, auf in die Schlacht!

Langsam schritt ich die Treppe hinunter und spähte um die Ecke. Der Blick auf die erste Abteilung wurde frei. Duftkerzen und Servietten türmten sich in Einkaufswagen, als wäre Weihnachten als *das Fest der Düfte* und nicht *das Fest der Liebe* bekannt. Bei diesen Mengen fragte ich mich, ob das der Vorrat für die nächsten zwanzig Jahre werden sollte. Hey, es war Mittwochvormittag! IKEA machte doch gleich am Samstag wieder auf! Es waren doch nur zweieinhalb Tage zu überbrücken!

Sektgläser wurden eingeladen, Teller und Platzteller abgemessen, Kerzenständer geprüft und Weinkühler auf ihre Tauglichkeit untersucht. Mal ehrlich, wie oft würden diese Weinkühler denn in den nächsten Monaten benutzt werden? Gar nicht? Minus eins? Minus zehn? Kein Mensch benutzte im alltäglichen Leben Weinkühler. Paris Hilton vielleicht, aber die hatte ich hier noch nicht entdeckt. Ich musste auch schmunzeln, als ich an den reizenden Etageren vorbei ging. Die waren ja wirklich wunderschön. Und im Fernsehen auf der elegant gedeckten Kaffeetafel, da machte sich das auch wunderbar. Aber auch hier wieder der Realitätscheck: Auch ich habe mir schon das eine oder andere hübsche Stück angeschafft, das ich hervorzaubern wollte, wenn Gäste kamen. Quasi *für gut*, wie es so schön hieß. Und wie lief es dann ab? Kaum waren die Gäste weg, fiel mir wieder ein, dass ich ja diese tolle Kuchenplatte oder diese reizenden Servierschalen besaß. Extra *für wenn Gäste kamen!* Und wo standen sie dann? Im Schrank. Den Gästen hatte es auch von meinen gewöhnlichen Kuchenplatten geschmeckt, die ich jeden Tag in Gebrauch hatte. Nein, solche Fehlkäufe passierten mir heute nicht mehr.

Ich war mittlerweile in die Gardinenabteilung vorgedrungen. Das war ein Phänomen, das ich nicht verstand und auch niemals verstehen würde. Wie konnte man denn am Heiligen Abend Gardinen kaufen? Und dazu noch welche, die man selbst zusammennähen musste? Ich beobachtete aus sicherer Entfernung, wie eine Kundin mit der Stoffschere hantierte. Das, was die Dame da zuschnitt, war keinesfalls ein rechter Winkel. Wohnte sie vielleicht in einem Altbau mit windschiefen Wänden? Sollte das so sein? War das Kunst? In meinen Augen grenzte das schon an mutwillige Sachbeschädigung. Ich dachte kurz darüber nach, mich für die Rechte der Stoffe einzusetzen und die vermeintlichen *Künstler* zum Scheren-Fecht-Duell herauszufordern. Aber so viele weiße Handschuhe hatte ich gar nicht bei mir, um sie stilecht auf den Boden zu werfen und den Kampf anzusagen. Wie hätte wohl die Mitarbeiterin reagiert, hätte ich, ein Arm auf dem Rücken, die Schere in die Höhe gehalten und *En garde!* gerufen? Die wichtigste Frage war allerdings die: Wurden die Gardinen denn noch an diesem Tag aufgehängt? Würde direkt nach dem IKEA-Besuch die Änderungsschneiderin angeklingelt und gefragt werden, ob sie noch schnell die Gardinen kürzen könnte? Eine Kurzgardine war nämlich wohl das Einzige, was man aus diesem verunfallten Stück Stoff noch machen konnte, egal wie talentiert oder ausgebildet man war. Außerdem war die Schneiderin ja an Heiligabend bestimmt zu Hause und hatte Zeit, oder? Kein Scherz. Menschen verhielten sich so. Das wusste ich aus der verlässlichsten Quelle, die es gab: Von meiner Mutter, der Schneiderin.

In der Wohnzimmerabteilung versuchte ein Familienvater verzweifelt, auf seinem Smartphone die Maße des vorgestern bestellten Flachbildfernsehers zu ergoogeln, um sicherzustellen, dass dieser auch in den Wohnzimmerschrank passte, den sich seine Frau eben ausgeguckt hatte. Doch das Mobilfunknetz war gnadenlos überlastet. Wahrscheinlich, weil viele der Kunden ähnliche Bedürfnisse hatten. Laut fluchend schüttelte das Familienoberhaupt sein Telefon, als ob sich so der Sand aus dem Getriebe entfernen ließe, während sein halbwüchsiger Sohn kluge Ratschläge erteilte und etwas von notwendigen Updates quasselte.

Ein junger Mann in der Bettenabteilung, der sich auf die Liegefläche gelegt hatte, um auf seine Freundin zu warten, die *nur kurz* noch bei den Küchen etwas schauen wollte, schien mittlerweile fest zu schlafen. Ich wurde Zeuge, wie zwei Lausbuben Stofftiere rings um ihn herum aufstapelten. Als seine Freundin endlich den Gang entlanggeschlendert kam, war von ihrem Freund kaum noch etwas zu sehen. Suchend sah sie sich um. Das laute Lachen der beiden Jungs ließ sie schließlich innehalten und das Bett mit den Kuscheltieren etwas genauer unter die Lupe nehmen. Eins zu null für die Jungs! Mit lautem Kampfgebrüll sausten sie zurück in die Kinderabteilung, wahrscheinlich um noch mehr Spielzeug zu holen.

Bei den Teppichen entdeckte ich ein junges Pärchen, das sich lachend auf einem Bärenfell wälzte und gegenseitig durchkitzelte. Hoffentlich vergaßen die beiden nicht, dass sie sich in der Öffentlichkeit befanden, bevor sie ihre Spielchen ausdehnten. Probeliegen war ja schön und gut, aber doch auf den Matratzen und nicht auf den Teppichen.

Kurz vor den Kassen lief ich durch die Lagerhalle mit den vielen Hochregalen, in der die Kunden die Packstücke auf ihre Einkaufswägen laden konnten, die sie vorher auf ihren Merkzetteln notiert hatten. Ein Gespräch, das eine ältere Dame mit einem IKEA-Mitarbeiter führte, ließ mich kurz stehenbleiben und lauschen.

»Sagen Sie, junger Mann, passt der Schrank in mein Auto?«

»Was haben Sie denn für ein Auto?«

»Ein Grünes.«

»Nein, dann passt er nicht!«

Chapeau, lieber IKEA-Mitarbeiter. Das war eine echte Meisterleistung! Coolness vom Feinsten. Ich krümmte mich vor Lachen, er verzog keine Mine.

Nun war ich tatsächlich schon bei den Kassen angelangt. Mein alljährlicher Weihnachtstrip war zu Ende. Wieder einmal hatte ich mich prima amüsiert und würde gut gelaunt nach Hause fahren.

Denken Sie doch an Weihnachten mal an meinen Geheimtipp, wenn Sie an Heiligabend etwas Zeit übrig haben. Vielleicht sehen wir uns ja – zu Weihnachten bei IKEA.

KÖTTBULLAR

600 g Kartoffeln

4 Zwiebeln, gewürfelt

1 kg gemischtes Hackfleisch (ich nehme gerne nur Rinderhack)

2 Packungen Petersilie (TK)

4 Eier

200 ml süße Sahne

Etwas Paniermehl

Salz und Pfeffer

1. Kartoffeln schälen und kochen.

2. Zwiebelwürfel anbraten, bis sie glasig sind.

3. Die fertig gekochten Kartoffeln mit der Kartoffelpresse oder dem Kartoffelstampfer zerkleinern und abkühlen lassen.

4. Alle Zutaten in eine große Schüssel geben und gut miteinander vermengen. Mit Salz und Pfeffer würzen. Aus der Masse kleine Bällchen formen und 1 Stunde kühl stellen.

5. Die Bällchen portionsweise goldbraun braten. Am besten warm servieren.

VIELEN DANK ...

... meinen Eltern, von denen ich Schreibtalent und Kreativität geerbt habe. Ich liebe euch.

... meinem Mann Franc, der mir für meine Lesungen den Rücken freihält und Inspiration für manche Geschichte ist. Nur ein Verrückter hält es so lange mit mir aus. »Bassd scho«

... Kati Mehler, die an mich geglaubt und mich ermutigt hat, meine ersten Geschichten zu schreiben und diese auch in ihren Räumen vorzutragen. Das war echt mutig!

... allen Besucherinnen der Lesungen bei Kati, die durch ihr Lob dafür gesorgt haben, dass ich weiter schreibe, und die schon nach kurzer Zeit nach einem eigenen Buch gefragt haben. Euer Wunsch ist mir Befehl.

... den Mädels vom Thekla-Verlag, die bei der Überarbeitung der Geschichten, der Gestaltung und Zusammenstellung des Buches eine grenzenlose Geduld mit mir bewiesen haben. Mir hat es riesig Spaß gemacht!

... allen Freunden und Bekannten, die mich tapfer jeden Tag ertragen und unterstützen. Ihr seid mir wichtig.

Über die Autorin

Silke Kasamas (*1973) lebt mit Mann und Hund im hessischen Babenhausen, wo sie auch aufwuchs und die Schule besuchte. Nach dem Studienabschluss als Versicherungsfachwirtin war sie einige Jahre bei einem Versicherungsunternehmen tätig, bevor sie sich 1999 als Vermögensberaterin selbständig machte.

Mehr aus einer „Notlage" heraus begann sie 2014 mit dem Schreiben von Kurzgeschichten, da eine zeitnah geplante Lesung sonst mangels Texten ins Wasser gefallen wäre. Der Zuspruch der Zuhörerinnen ermutigte sie, weitere Geschichten zu schreiben und die Rufe nach einem eigenen Buch wurden immer lauter.

Mittlerweile sind die Lesungen zum Geheimtipp für die Frauen aus ihrem Heimatort geworden und bereits wenige Tage nach Bekanntgabe des Termins ausgebucht.